취미는 채팅이고요,
남편은 일본사람이에요

취미는 채팅이고요, 남편은 일본사람이에요

김이람 에세이

목차

2부

한 발짝 두 발짝

일본인은 연락을 잘 묵혀둔다. 메시지를 받아도 여유가 있을 때 답장하는 편이다. 때로는 몇 날 며칠 묵묵부답이기도 하다. 개인주의적 사고가 깊게 박혀 있기 때문에 일본인은 연락에 크게 연연하지 않는다. 그래서 바로 답하기 곤란할 때에는 메시지를 삭혀두었다가 한참 후에 바빠서 깜빡했다며 너스레를 떨면 된다. 연인 관계에서도 연락 빈도를 애정의 척도로 삼지 않는다. 가까운 사이일수록 연락 주기가 짧아지는 한국인과는 확연히 다르다.

더군다나 인간관계에는 혼네本音*와 다테마에建前** 문화

---

* 본심.
** 겉치레.

가 뿌리내려 있다. 본심은 감춘 채 요령껏 빈말을 건네는 문화다. 예를 들어 썩 내키지 않는 약속이 잡히려 하면 '갈 수 있으면 갈게'라고 둘러대는 식이다. 올 수 있어도 오지 않을 거면서. 일본에 온 지 얼마 되지 않았을 때에는 저 사람의 말이 진심일까 거짓일까 혼란스러워했다. 연차가 어느 정도 쌓이면서 매번 말의 의도를 파악하려고 들면 나만 피곤해진다는 것을 알아차리고, 더이상 말에서 진심을 찾지 않게 되었다. 감정의 채도를 낮추고 사람들과 적당한 거리감을 지키는 것은 내 일본생활의 키포인트였다. 누군가에게 가까이 다가가지도, 그렇다고 멀찍이 떨어져 있지도 않고 직설적인 표현은 완곡하게 돌려 말했다. 사람들과 거리를 조금 두다보니 남에게 싫은 소리를 못하던 나도 점점 거절에 능숙해졌다. 이런 생활에 익숙해질 즈음 스스로에게 인간미가 사라져간다고 느꼈다. 그간 상대방에게 미안해서 잘 거절하지 못했는데, 이제는 거절을 해도 그런 감정을 느끼지 않았기 때문이다. 거리감을 지키는 척하며 나 혼자 편할 대로 사는 기분이었다. 그래서 연애 시절, 일본인이면서도 나에게 훅 다가온 남편이 신기했다.

한창 둘이 만나고 있을 때, 언젠가부터 토요일 열한 시면 낯익은 얼굴이 인터폰 화면에 서 있었다. 딱히 약속도 하지 않았는데 토요일 아침마다 그는 당연하다는 듯 우리집 문을 두드렸다. 이제 출발한다는 메시지에 "초대한 적 없는데?"라고 몇 번 짓궂게 답장했지만 그는 아랑곳하지 않았다. 매주 잠이 덜 깬 나를 데리고 나가 볕을 쬐이고 바람에 말렸다.

퍼즐게임에 정신이 팔려 한 시간 넘게 답장하지 않으면 "?"를 보내왔고, 밤 열 시에 드라마에 푹 빠져 연락하지 않으면 "슬슬 전화해도 되지?"라며 통화를 졸랐다. 사귀다보면 어느 순간 혼자만의 시간을 갖고 싶다고 생각하기 마련인데 그는 한결같이 나와 일상을 공유하기를 바랐다. 지금껏 알고 지낸 일본인 중 가장 질척이는 사람이었다.

지독한 목감기에 앓아누웠을 때에도 집에 오지 말라고 신신당부했는데 그는 간호하겠다며 기어코 집을 찾아왔다. 때맞춰 물수건을 갈아 이마에 얹어주고는 옆에서 조용히 만화책을 읽었다. 내가 감기를 옮길까봐 불안하다고 했더니 그는 그동안 못 쓴 유급휴가가 차고 넘친다며 나를 안심시켜주었다. 아플 때 곁에 누군가 있다는 것이 얼마나 소중한지를 새삼 깨달았다. 열로 달아오른 이마 위에 차가운 손이 닿는 촉감도 좋았고.

주저하지 않고 나의 영역에 불쑥 들어오는 사람. 내가 먼저 캐묻지 않아도 무얼 하고 있는지 하나하나 알려주는 사람. 퇴근 후 시간을 나와 연락하는 데 모두 할애하는 사람. 내가 남긴 공깃밥을 아무렇지 않게 먹는 사람. 지갑과 손수건만 든 에코백도 대신 어깨에 메는 사람. 자기 동네에 놀러갈 때면 조수석에 내가 마실 주스를 넣어두는 사람. "독도는?" 하고 물으면 곧바로 AI 스피커처럼 "독도는 대한민국의 고유 영토입니다"라 대답하는 사람. 서로의 경계가 흐릿해지는 순간에는 언제나 그의 다정함이 존재했다. 그 마음의 의도는 늘 하나였다. 나를 사랑한다는 것. 진심인지 빈말인지 헷갈릴 틈조차 없었다. 거리를 재지 않고 성큼성큼 걸어오는 그에게로 나도 한 발짝 두 발짝 다가갔다. 그렇게 우리는 점점 가까워져 이제는 하나로 포개어져 있다. 내가 발을 내딛을 때까지 그는 얼마나 기다렸을까, 생각하는 사이 그에게서 문자 메시지가 도착해 있었다.

"이제 퇴근하고 집 가는 길."

1부
· · · · · · · · ·

비 오는 날엔
부침개

할머니가 살아 계실 때, 비 오는 일요일 낮이면 종종 부침개를 부쳐 먹었다. 온 집 안에 진동하는 기름 냄새, 반죽이 프라이팬 위에서 치이이익 익어가는 소리, 발밑을 바삐 움직이는 강아지들, 큰 소리로 흘러나오는 〈전국노래자랑〉. 어린 나는 그게 좀 싫었다. 때때로 질척하고 눅눅하게 구워진 부침개, 말수 적은 가족들, TV에 나온 그 동네 사람들만 신나 보이는 프로그램, 찌뿌둥하고 축축 처지는 날씨, 하나같이 지루하기만 했다. 방에 들어가 컴퓨터나 하고 싶은데…… 그 생각만 하면서 입안의 부침개를 우걱우걱 씹었다.

시간이 지난 지금에야 그 장면이 얼마나 정겨운 추억인지를 깨닫는다. 싸늘하고 울적한 비 오는 날을 고소한 기름 냄새와 김이 모락모락 나는 복작복작한 풍경으로 기억하고 있다는 것은 내가 배곯지 않고 가족이 모여 앉아 밥을 먹는 집, 주말엔 별미를 만들어 도란도란 시간을 보내는 집에서 자랐다는 것을 뜻한다. 그리운 추억과 함께 비가 주륵주륵 내릴 때면 그때의 풍경과 냄새를 떠올린다. 평소 잘 해 먹지 않는 특별한 음식에 딸려오는 소란과 냄새로 집 안을 가득 채우고 싶어진다. 그럼 춥고 눅눅한 우울감도 사라질 것만 같다. 그래서 가끔 한 번씩 프라이팬에 기름을 두르곤 한다.

창밖 너머로 빗소리가 들린 어느 날, 마침 집에 대파가 있었다. 남편이 회사 동료에게서 얻어온 대파 한 단. 지난겨울에도 받아왔다가 잘 챙겨 먹지 못해 절반가량은 곰팡이가 슬어버렸어서, 이번에는 그러지 말아야겠다고 다짐했었다. 파 한 줄기를 물로 살살 씻었다. 흙을 씻어내고 껍질을 벗기자 이내 뽀얗고 튼실한 줄기가 드러난다. 쓱쓱 대충 썰고 찬장에서 밀가루를 꺼냈다.

달궈진 프라이팬 위에 파전 반죽을 얹고 한 면이 다 익으면 재빨리 뒤집었다. 그때마다 나도 반죽과 함께 온몸이 들썰였다. 왜 너도 반죽이랑 같이 뒤집히냐고 연신 웃던 남편은 "근데 비 내리는 것과 부침개 먹는 것이 무슨 상관이야?"라 물었다. 같은 한자문화권 국가로서 일본은 한국과 비슷한 정서와 음식문화를 가지고 있지만, 일본에는 '비 오는 날 오코노미야키'라는 개념이 없다. 그래서 남편은 '비 오는 날엔 부침개'를 이해하지 못했다. 내가 비가 오니 파전을 부칠 거라고 선언했을 때, 남편은 어리둥절해했지만 곧바로 "그럼 소주 주세요"라고 답했다. 한국음식엔 한국 술이 어울린다는 공식이 머릿속에 박힌 모양인데, 부침개에는 소주가 아니라 막걸리라는 공식을 새로 입력해줘야겠다. 비 오는 날의 부침개를 몇 번 반복하다보면 그가 먼저 '오늘은 비가 오니 부침개를 부쳐 먹자. 막걸리도 같이'라고 말하는 날이 올까. 그럼 내가 부침개를 만들며 '어렸을 때의 우리집'을 추억하는 것처럼 그도 비오는 날이면 나와 함께 부침개를 먹던 날을 떠올릴까. 잠깐 상념에 젖었다. 남편의 질문에는 '빗방울이 떨어지는 소리와 부침개가 익는 소리가 비슷하다'라는 한국인의 가설을 이야기해줄까 했지만, 딱히 명확한 근거가 없어 그렇게 설명하기 무엇했다. 결국 "한국에서는 원래 다 그래"라는 식상한 답을 내놓고 말았다. 예전 TV 광고 멘트인 '핀란드인은 자기 전에 자일리톨껌을 씹는다'와 다름없는 말이었다.

그런데 정말 한국사람들은 다 그렇다. 비 오는 날 부침개를 부쳐 먹던 기억은 비단 나만의 것이 아닐 것이다. 비 오는 날은 부침개, 먼지 많은 날은 삼겹살, 이삿날은 짜장면, 축구 경기 보는 날은 치킨. 나라 전체가 약속한 국민적인 룰에 가깝다. 이 규칙들을 언제 어디서 누가 만들었는지는 모르지만 그 경험이 부모에게서 자식에게로, 또 그 자식에게로 전달되고 재생산되고 있다. 그 경험은 다른 말로 하면 추억이다.

이 강력한 메커니즘은 내가 삶의 터전을 일본으로 옮긴 후에도 나를 여전히 한국인으로 살게 한다. 후배의 실수에 대신 머리를 조아리고 거래처에게 호통을 들어야 했던 날 저녁, 고춧가루를 들이부어 끓인 새빨간 인스턴트라면을 땀인지 눈물인지 모를 것과 같이 삼켰다. 설날에는 생선살을 사서 나 홀로 전도 부치고 떡국도 끓여 먹었다. 해도 그만, 안 해도 그만이지만 자연스럽게 그리되었다. 세상 어디에 있든 그 피는 못 속이나보다. 나도 어쩔 수 없는 한국인이다.

한국풍
가부리사루 고기구이

"가부리사루가 뭐야?"

마트에서 정육 코너를 지나갈 때였다.

'사루(さる, 원숭이)'인가? 일본도 원숭이를 먹나, 하며 고개를 갸우뚱하자 남편은 '가부리사루'라 적힌 POP광고지를 가리켰다. 천천히 몇 번을 곱씹고 나서야 가부리사루가 가브리살이라는 걸 알아차렸다. 머릿속에 돼지 그림을 띄워놓고 가브리살이 어느 부위였더라 떠듬떠듬 기억해보는데 남편이 그 아래 쓰인 설명문을 읽는다.

"가브리살은 돼지의 목심과 등심을 연결하는 고기 부위를 사용한 한국풍 고기구이입니다."

일본에 사는 한국인들 사이에서는 '한국풍'이라는 문구를 믿고 걸러야 한다는 우스갯소리가 있다. 그 문구가 적힌 음식은 대개 한국음식을 현지화해둔 것이라 한국의 맛을 기대했다가는 크게 실망하기 때문이다. 한국'식'이 아니라 '풍'일 뿐이다. 차라리 '일본풍 한식'이라는 설명이 더 사실에 가까울 정도다.

그 가부리사루 숯불구이풍 파소금맛 한 팩을 집어 굳이 장바구니에 담았다. 돼지 부위 중 하나인 가브리살을 마치 '고기 요리'의 명칭인 것처럼, 그것도 '한국풍 고기 요리'인 것처럼 적어놓은 설명이 신경쓰였기 때문이다. 집에서 구워보니 마트에서 자주 보이는 소금과 참기름으로 양념하고 그 위에 파를 썰어 올린 고기였다. 동네 사람들이 이게 가브리살이라는 한국요리구나, 하는 일이 없기를 간절히 빈다. 그런 오해는 삼겹살만으로도 충분하다. 삼겹살도 부위인데 어느새 일본에서 한국음식으로 통용되고 있다. 언어는 사회적 약속이라는데 이러다 수백 년 후 일본에서 '살'이라는 단어가 한국풍 고기구이를 뜻하는 접미사가 되겠다.

일본에서 살다보면 종종 이상한 한국어와 마주친다. 구전으로 전해내려오던 발음이 잘못된 표기로 정착했거나 때로는 번역기의 실수로 생긴 것이다.

한번은 다이소의 화장품과 헤어 제품 코너에 한국어로 '구성하다'라고 적힌 것을 봤다. 그 표현이 이상해서 한참을 쳐다봤더니, 메이크업makeup을 번역기로 돌렸을 때 나온 뜻을 그대로 사용한 듯했다. 다이소 같은 대기업에서 이런 초보적인 실수를 하나, 생각했지만 어찌 보면 화장은 얼굴을 재구성하는 셈이니 구성한다는 표현도 아주 틀린 말은 아니다.

마트나 가게에만 잘못 적혀 있는 게 아니다. 공공기관 현수막에도 이상한 한국어가 등장한다. 어느 날 길에서 '수상한 사람을 봤으면 110번에 잔화를 해주십시오'라는 현수막을 보고 킥킥댔다. 수상한 사람은 못 봤지만 수상한 현수막을 봤을 때는 어디에 '잔화'를 해야 할까. '아'인지 '어'인지에 따라 내용이 완전히 달라지는데 경찰들은 그 사실을 알고 있으려나.

치즈닭갈비가 치즈'터커비'라 적혀 있거나 양념이 '양닌'이 되는 일은 하도 자주 봐서 이젠 정겹기까지 하다. 치즈'터커비'는 분명 일본'풍'으로 '양닌'되어 있겠지. 이쯤 되면 발등 한가운데에 '맛있다'가 써 있는 양말은 귀엽다. 양말과 맛있다의 조합이 어디서 나왔을지 전혀 예측되지 않아 어리둥절하지만 그래도 잘못 표기되지는 않았으니까. 한국으로 따지면

'delicious'가 양말 바닥에 적혀 있는 거려나.

종종 우스꽝스럽고 엉뚱한 한국어 표기를 발견할 때면 반가움이 앞선다. 아무도 모르는 동네에서 우연히 친척을 만난 느낌이랄까. 때때로 이거 이렇게 쓰는 거 아닌데요, 하고 싶은 오지랖이 꿈틀대지만 아직까지 그 말을 입 밖으로 꺼내본 적은 없다. 모양은 엉망일지언정 한글이 한국스러움을 대변하는 이미지로 일본에 스며들어 있다는 사실에는 변함이 없기 때문이다. 원래 이렇게 적혀야 한다고, 이거는 잘못된 표기라고 남편에게만 슬쩍 이야기해둘 뿐이다.

워킹홀리데이로 일본에 왔던 20년 전만 해도 한국 하면 배용준과 〈겨울연가〉였고 한국드라마나 한국문화를 좋아하는 것은 어머니 세대의 올드한 취향이라고 여겨졌다. 20년 사이에 한국문화는 일본사회에 자연스럽게 녹아들었다. 고추장이나 쌈장 같은 조미료는 동네 마트 어디를 가도 쉽게 구할 수 있고 여고생들에게는 도쿄 한인타운인 신오쿠보가 핫플레이스다. 매년 연말 음악방송에는 케이팝 아이돌 그룹이 출연한다. 이곳에 터를 잡고 사는 한국인에게는 무척이나 기쁘고 자랑스러운 일이다. 여전히 세모눈을 하고 나를 바라보는 이들도 있지만 이렇게 말과 문화를 공유하다보면 한국을 꽤 괜찮은 나라라고 생각하는 사람도 늘어날 것이다. 옆 나라라고 해서 반드시 친하게 지낼 필요는 없지만 이유 없이 싫어하거나 배척하는 일은 사라졌으면 좋겠다. 그 일에 한국풍 가부리사루 고기구이가 한몫하기를.

일본인이라서가
아니라

남편과 만난 첫해 여름, 우리는 종종 내 자취방 근처 공원에서 더위를 피했다. 탁 트인 호수는 보기만 해도 시원했고 나무 그늘 아래에서 마시는 맥주맛도 일품이었다. 밤이 되면 호수에 고속도로의 불빛이 반사되어 윤슬이 반짝였다. 우리는 그 습하고 잔잔한 분위기를 좋아했다. 한번은 집에 가려고 막 일어서는데 소나기가 쏟아졌다. 비가 그치기를 마냥 기다릴 수는 없어 머리 위로 가방을 들고 전속력으로 달렸다. 한참을 뛰다 불 꺼진 어느 건물 아래에서 잠시 숨을 골랐다. 건물 유리창에 비치는 우리의 모습이 딱 비에 쫄딱 젖은 생쥐 꼴이었다. 한참을 웃다가 눈앞이 뿌예져서 손수건으로 안경의 물기를 닦았다. 너무 많이 젖은 탓인지 손수건을 세게 문질러봐도 별 소용이 없었다. 결국 안경을 벗고 주변을 멍하니 둘러봤다. 비에 젖어 검게 번들거리는 도로, 짙은 여름밤을 황홀하게 밝히는 주황색 가로등, 머리카락 끝에서 뚝뚝 떨어지는 물방울. 사랑이 '소나기'처럼 내리는 순간이었다.

우리가 늘 풋풋하지는 않았다. 소나기를 쫄딱 맞았던 그해 여름, 우리는 이카호로 여행을 떠났다. 뜨거운 온천물에 피로를 풀고 료칸에서 진수성찬을 누렸다. 둘이 함께한 첫 여행이었지만 마냥 설레지만은 않았다. 그는 이카호에 가자는 말만 꺼냈지, 구체적인 여행 계획을 세울 때면 항상 한 발짝 뒤로 물러서 있었다. 덕분에 계획은 전부 내 몫이었다. 혼자 여행할 때와 다를 게 없다고 생각했지만 굳이 분위기를 망치고 싶지 않아 입을 꾹 다물었다.

별 탈 없이 여행이 끝났다면 좋았겠지만 여행이 끝날 무렵에 결국 참아왔던 감정이 폭발했다. 집에 가기 전에 점심을 먹어야 할 것 같아서 그에게 먹고 싶은 메뉴를 물었더니, 그는 내게 고르라며 선택권을 넘겼다. 핸드폰으로 주변에 있는 식당을 찾다가 돼지고기 정식을 먹으러 갔다. 그는 배가 고팠는지 허겁지겁 먹고는 먼저 젓가락을 내려놓았다. 그러고는 지루하다는 표정으로 핸드폰을 만지작거렸다. 내가 아직 먹고 있는데. 몇 분 뒤 그는 심각한 얼굴로 "여기 고기 별로다"라며 소곤거렸다. 그 말에 나는 고기와 맥주를 더 주문하고 똑같이 핸드폰만 보며 묵묵히 밥을 먹었다. 식사가 끝나자마자 계산서를 들고 카운터로 향했다. 집으로 돌아가는 길 내내 분노를 억누르며 말을 걸지 않았다. 웃음기 하나 없는 얼굴에 잔뜩 이마를 찌푸리고 있으니 그도 슬슬 내 눈치를 보기 시작했다.

한껏 짧아진 도화선에 한번 불이 붙자 걷잡을 수 없이 타 들어갔다. 앞에서는 별말 않더니 뒤에서는 투덜거리는 성향, 선택을 상대에게 미루는 수동적인 성향. 내가 넌더리를 쳤던 일본인의 성향이 그와 겹쳐 보였다. 그의 성격이 국적에서 비롯되지 않았음을 알면서도 '일본인이라서 그래' 하고 단정지었다. 일본사람들이 나를 '한국인'으로만 대하는 것에는 힘들어했으면서…… 모순적이었다.

그날 밤 집에 돌아와서도 마음이 진정되지 않았다. 그에게 실망한 건지 아니면 그를 일본인으로만 바라본 나에게 실망한 건지 헷갈렸다. 머릿속이 여러 감정들로 뒤엉켜 사흘 동안 그에게 차갑게 굴었다. 연인이라고 한들 나는 그를 입맛대로 다툴 권리가 없고 어차피 사람은 쉽게 변하지 않는다고 생각하던 차에 갑자기 그가 사과를 했다.

"마음 불편한 거 있지? 나 때문인 것 같은데 미안해."

그의 반응에 당황스러워 무슨 소리냐고 딱 잡아뗐다. 나는 필사적으로 모른 척하며 핸드폰으로 주문한 한국식 짬뽕을 기다리고 있다고 말했다. 그러자 그는 한국식 짬뽕은 어떤 맛이냐고 해맑게 물었다. 이카호에서도 봤던 그 수동적인 모습. 결국 분노의 메시지를 보내고 말았다.

"맨날 남한테 물어보지만 말고 네가 스스로 좀 찾아봐."

기분을 풀어주려다가 봉변을 당했다고 느꼈는지 그도 버럭 화를 내고 더 연락해오지 않았다.

다음 날 저녁, 잔뜩 풀이 죽은 목소리로 그는 이만 화 풀고 화해하자고 말했다.

"어제는 순간 속상해서 그랬어. 오늘 하루종일 일이 손에 안 잡히더라. 내가 고쳐야 할 점이 있으면 말해줘. 고칠게."

평소에는 수동적이던 그가 관계에 있어서는 나보다 훨씬 더 적극적이었다.

언제부터인가 나는 맞지 않는 인연을 손에서 놓아버렸다. 갈등을 만들지 않는 것을 우선시하며 별말 없이 참기만 했다. 그러다 도저히 못 참겠는 순간에 연을 툭 끊어냈다. 맞지 않는 상대에게 불만을 터뜨려봐야 소용없다고 믿었다. 사회에서 일로 만난 상대와는 타협하며 관계를 유지했지만 가까운 사람들에게는 마음을 온전히 쏟지 못했다. 하지만 사람은 더불어 살아가며 서로에게 조금씩 폐를 끼칠 수밖에 없기 때문에 모든 관계를 단번에 잘라버리는 것은 결코 옳은 방법이 아니었다. 하물며 그와 나는 애정으로 묶인 관계, 그에게 솔직하지 못할 이유가 없다.

사람의 가치관과 성향은 모두 제각각이기에 국제커플도 여느 커플처럼 서로를 오해해서 다투기 마련이다. 하지만 나는 여태껏 문화 차이만 들여다보고 있었다. 그간 '그'라는 사람에 앞서 '일본인' 필터로 그를 바라보고 있었다. 적극적으로 갈등을 풀려는 그를 보며 문화와 개인의 성향은 별개라는 사실을 다시금 인지했다. 연인 관계에서 가장 중요한 건 서로를 이해하려는 마음이다. 그 마음만 있다면 서로의 다름에서 생기는 갈등도 함께 풀어나갈 수 있다. 서로가 달라서 시작된 우리의 첫 소동은 그가 내게 먼저 손을 내밀고 나를 이해해준 덕분에 잘 마무리되었다.

쌈장이

매콤하다는 사람

혓바닥의 아픔을 식혀보려고 가쁘게 내쉬는 숨, 땀으로 축축해진 목덜미, 급하게 마시는 물. 나는 매운 음식을 잘 못 먹을뿐더러 매운맛에 따라오는 고통을 불쾌해서 얼얼한 음식을 부러 찾아 먹지 않는다. 그런 내가 일본에서는 매운맛에 강한 사람이 되었다. 일본사람들은 한국인은 매운 것을 잘 먹는다며, 빨갛게 버무려졌거나 매콤한 맛이라 적힌 음식을 내게 권하곤 했다. 그러면 나는 기세 좋게 빨간 음식을 집어삼켰다. 일본의 매운맛은 한국의 매콤에도 못 미친다는 사실을 알기 때문이다. 일본에서는 매운맛 천재, 한국에서는 명함도 못 내

미는 매운맛 바보였다. 매콤함이 아주 조금 느껴져도 맵다며 난리가 나는 사람들을 보며 호들갑 민족은 혓바닥도 호들갑이구나 생각했다. 혓바닥이 고장난 건 나였다는 사실을 알지 못한 채.

연애 초기, 남편에게 처음 삼겹살을 알려준 날이었다. 그가 삼겹살에 쌈장을 찍어 먹고선 "좀 맵지만 맛있어"라고 말했다. 그제야 쌈장도 맵다는 걸 깨달았다. 고추장이 들어 있으니 당연히 매울 텐데, 나는 매움의 'ㅁ' 자도 못 느낄 정도로 매운맛에 단련되어 있던 것이다. 삼겹살과 쌈장에 입문시킨 김에 상추쌈도 알려줬다.

"손바닥에 상추를 놓고 이렇게 싸 먹는 거야. 쌈이 커질 것 같으면 처음부터 상추를 반 정도 찢어도 돼."

쌈을 한입 가득 넣는 모습을 보여줬는데 그는 여느 일본인처럼 쌈을 두 입에 나눠 먹었다. 일본에는 쌈 문화가 없다보니 입안이 꽉 들어차게 씹는 것을 낯설어했다. 그가 양손으로 쌈을 잡고 끊어 먹는 모습에서 소심함이 느껴졌지만, 그에게는 쌈을 한입에 넣고 우물거리는 내 모습이 기품 없이 비칠 테니 도긴개긴이라는 결론을 내렸다.

내가 음식 하나에도 살아온 환경이 두드러진다고 생각하

는 사이, 그는 삼겹살이 꽤 마음에 들었던 모양이다. 집에 돌아가는 길에 마트에서 삼겹살과 쌈장을 샀다고 전화했다. 점심에 먹은 음식을 저녁에도 먹는다고 할 정도로 한국음식을 좋아하는 모습에 들떠 그날 그가 김치에는 아예 손도 대지 않았다는 것을 전혀 눈치채지 못했다.

삼겹살의 대히트 이후 그에게 한국의 맛을 더 알려주겠노라 다짐했다. 한국의 '미미美味'를 알려주고 싶었고 한국문화를 이해하는 데 도움이 될 것 같았다. 그런 기대감에 그가 집에 올 때마다 한국음식을 만들어주었다. 내 입에 맞으면 그에게도 괜찮을 거라 짐작하며 다양한 맛을 소개해주었다.

문제가 터진 것은 부대찌개를 선보였을 때였다. 모락모락 김이 피어오르는 냄비를 내려놓자 그의 눈동자가 한없이 흔들렸다. 어떻게 먹어야 할지 몰라서 머뭇거리나 싶어 젓가락으로 면을 뜬 후 국자로 건더기와 국물을 뜨라고 알려주고 그릇에 건더기를 덜어주었다. 그런데 그의 젓가락질엔 영 힘이 없었다. 여태까지 그가 깨작거리는 모습을 본 적이 없어서 혹시 맛이 없냐고 물어보았다. 그제야 그는 매운 음식을 잘 먹지 못한다고 털어놓았다. 그는 매운맛에 땀을 뻘뻘 흘리면서도 내가 덜어준 몫만큼은 열심히 먹었다. 고난의 식사가 끝나자마자 그는 화장실로 달려갔다. 난생처음 경험하는 짜릿함에 전율했을 그의 오장육부가 걱정되었다.

한동안 화장실을 들락날락하던 그는 핼쑥해진 얼굴로 비척비척 침대에 쓰러졌다. 내가 먹을 정도의 매운맛이면 그도 먹을 수 있을 줄 알았다. 그가 한국을 아는 것보다 내가 일본을 더 잘 안다는 생각으로 내가 이 사람에게 일방적으로 강요한 것은 아닐까. 그가 나와 한국을 더 많이 알기를 바라는 마음에 앞서 그도 그러기를 원하는지는 확인하지 않았다. '내가 너를 사랑하니까'라는 말로 그의 이해를 당연시하고 있었다. 사랑한다는 건, 상대를 이해하고 받아들인다는 건 어떤 마음일까, 그가 나를 위해주는 만큼 나도 그를 배려하고 있을까, 머릿속이 복잡해졌다.

그후 서로의 맛을 공유하기 시작했다. 줄을 서서 그가 좋아하는 라멘을 먹었다. 덕분에 곱창라멘, 쇼유라멘, 쓰케멘, 탕멘…… 라멘이라는 라멘은 다 먹었다. 이 맛 저 맛 경험하는 사이 한때 싫어하던 라멘을 좋아하게 되었다. 국물은 짜고 양은 많은 탓에 다 먹고 일어나면 항상 더부룩해서 라멘을 좋아하지 않는데, 자주 접하다보니 어느새 라멘의 매력에 눈을 떴다. 한편 그가 우리집에 올 때면 나는 고춧가루를 절반으로 줄여 맵기를 조절했다. 그렇게 한국음식을 자주 맛보면서 그는 뒤늦게 매운맛에 빠졌다. 화요일 저녁마다 그는 손수 끓인 신라면 사진을 보낼 정도였다. 양배추와 치즈를 넣고 끓인 라면이었다. 혓바닥에 매운맛을 길들이고 있는 거냐고 물었더니 "나 라면 먹어야 돼" 하고 서둘러 전화를 끊었다.

그와 식탁에 마주보고 앉아 밥 먹는 시간이 쌓여갈수록 '사랑한다는 마음'에 가까워지는 것 같았다. 상대를 있는 그대로 바라보는 마음, 서로가 서로에게 한 발짝 다가가는 마음. 그 마음이 겹치면서 점점 서로를 닮아가는 게 아닐까.

아카바네에서의
첫 만남

꼬부랑 할머니가 되었을 때 내 옆에 있는 할아버지의 손을 잡고 눈을 맞추며 재잘거리고 싶은 장면이 있다. 2021년 4월 10일 토요일, 오후 한 시 십오 분, JR아카바네역으로 향하는 버스 안. 아침저녁으론 아직 차가운 바람이 불어오는데 한낮의 햇볕은 따뜻하다 못해 뜨거웠다. 오랜만에 공들여 한 화장에 마스크까지 얹으니 얼굴은 답답하고 숨이 턱 막혔다. 버스는 야속하게도 그늘 한 점 없는 양지바른 도로만 내리 달렸다. 모처럼 찍어 바르고 나왔는데 화장이 땀으로 다 녹아내릴 것 같았다. 손수건을 펄럭여 작은 바람을 일으켜보았지만 더위를 식히기에는 역부족이었다. 동아리 활동을 끝내고 돌아가는 중학생들이 삼삼오오 모여 앉아 상기된 얼굴로 떠들고 있었다. 뭐가 그리 재밌는 걸까. 벌써 오 분째 똑같은 풍경. 이대로 시간이 멈춰버렸으면 좋겠다. 다음 정거장에서 내려 집으로 돌아가고 싶었다. 지금 나는 채팅 앱에서 내 벚꽃 사진을 보고 연락해온 남자를 만나러 가는 길이었다.

버스에서 내려 허겁지겁 뛰어간 역 앞 광장은 사람들로 북적이고 있었다. 아직 코로나가 한창인데 인파 속을 돌아다녀도 괜찮을까, 이미 늦은 걱정을 하며 사람들을 훑어보았다. 저 멀리 한 남자가 조형물에 기대어 앉아 고개를 두리번거리고 있었다. 곧바로 채팅 상대에게 전화를 걸었다. 역시 그 사람이 맞았다.

그의 실물은 사진과 조금 달랐다. 날카로워 보였던 눈매는 송아지처럼 선한 눈망울을 하고 있었고 머리는 덜 곱슬거렸다. 내가 지난번에 그의 파마머리를 보고 왜 그리 세게 말았냐고 했던 말이 신경쓰였나. 머리를 쥐어뜯으며 폈을 모습이 눈앞에 그려졌다. 그는 나를 어떻게 바라볼까. 땀으로 다 지워진 화장, 술로 스트레스를 풀어 통통해진 몸, 자라(ZARA) 매장에서 손에 잡히는 대로 샀더니 영 어울리지 않는 민트색 자켓, 사진과 다른 모습에 실망할까봐 살짝 걱정되었다.

나를 모자이크하고 싶다고 생각하며 서둘러 이자카야 거리로 발걸음을 옮겼다. 술기운에 어색함도 풀어지겠지, 낮술을 마시다가 어두워지기 전에 헤어지면 되겠지, 생각하며 이곳에서 만나자고 했다.

막 영업을 시작한 한낮의 이자카야에 손님이라곤 우리를 포함해 두 테이블뿐이었다. 데면데면한 공기를 뚫고 "뭐 마실 거야? 나는 하이볼!"이라고 발랄한 척 오버하며 메뉴판을 건넸다. 일본에는 '일단 생맥주'라는 말이 있을 정도로 보통 첫 잔을 맥주로 시작하는데, 빨리 취하고 싶어서 하이볼을 골랐다. 그는 선뜻 메뉴를 고르지 못했고 그런 미적지근한 반응을 애써 모른 척하며 우메스이쇼梅水晶*와 갈매기살구이, 감자샐러드도 같이 주문했다.

술잔을 받자마자 마스크를 벗고 잔을 부딪혔다. 그가 보내준 사진으로 구순구개열 흉터가 그의 인중과 윗입술에 남아 있는 것을 이미 알고 있는데, 맨 얼굴을 드러내기 부끄러운 건지, 아니면 낯을 가리는 건지 그는 눈이라도 마주치면 황급히 시선을 피하기 바빴고 크게 한숨까지 쉬었다. 웃을 때에는

---

*   상어 연골을 매실에 버무린 안주.

크게 신경쓰이지 않던 흉터는 입술을 굳게 다물수록 더욱 눈에 띄었다. 그가 침묵하는 시간이 길어지면서 그가 내게 실망했을까봐, 이 자리를 지루해할까봐 걱정되기 시작했다. 발밑에 아른거리던 불안감은 풍선처럼 부풀어올라 다른 곳을 보는 그의 시선, 큰 한숨 소리와 함께 점점 더 몸집을 키워갔다. 역시 만나지 말걸, 후회가 됐다. 그래도 기왕 여기까지 왔으니 그의 온몸에서 드러나는 실망감을 못 본 척하며 대화를 이어가려고 노력했다.

첫잔이 바닥을 드러내고 나서야 그는 내가 알던 모습으로 돌아왔다. 두 볼을 발그레 붉히며 "낯가림이 심해서 워밍업까지 시간이 제법 걸린다"라고 털어놓았다. 예의상 건네는 빈말일지도 몰랐지만 오해가 풀리자 한순간에 무거운 마음은 사라졌다. 그후로 눈도 마주치고 농담도 자연스레 주고받으며 이야기를 나누었다. 가끔 침묵이 생겨도 더는 불편하지 않았다.

술잔을 부딪힌 횟수가 기억나지 않을 때쯤 가게 스피커에서 익숙한 곡이 들렸다. 며칠 전 좋아했던 90년대 음악을 주제로 그와 이야기했을 때 나왔던 곡이었다.

"이거 들으니까 노래방 가고 싶다."

"그럼 이거 다 마시면……"

'우리 사귀는 거다', 한국인이라면, 삼십대라면 자연스레 이어붙일 영화 대사를 떠올리고 있는데 그는 "노래방 가서 노래 부를래?"라고 말을 끝맺었다.

점원의 배웅을 받고 역 앞 노래방으로 향하려는데 그가 덥석 손을 잡았다. 내가 눈을 동그랗게 뜨고 손을 들자 "손잡고 걸어보자고 말했잖아"라며 그가 한 발짝 앞서 발걸음을 내딛었다. 내 손을 놓칠세라 꽉 움켜쥐면서. 어린 시절, 시장에 가면 엄마는 늘 손을 잡아주었다. 하지만 검정 비닐봉지가 늘어날수록 엄마의 손은 점점 느슨해지고 나는 손을 꽉 잡아달라고 투정을 부렸다. 행여라도 엄마를 놓쳐서 그길로 영영 헤어질까봐 불안해하는 마음이었다. 지금 그는 어떤 마음으로 나와 손을 맞잡고 있을까.

마주잡은 손바닥으로 온기가 흘러들어왔다. 온 신경이 손바닥에 쏠린 듯 간질간질했지만 애써 아닌 척 "손이 따뜻하면 마음이 차갑대. 너 참 차가운 사람이구나" 같은 농담을 던졌다. "그 반대다, 반대"라며 그는 눈가에 주름을 지으며 웃었다. 기분좋은 따뜻함과 압력을 느끼며 손을 앞뒤로 흔들었다. 몸에서 가장 먼 신체부위이기에 거리감을 지키면서 타인의 체온을 느낄 수 있는 곳. 내가 언제 마지막으로 누군가와 손을 잡았는지, 온기를 나누고 싶었는지 기억을 더듬어보았다. 괜히 몽글몽글해지는 기분을 잊기 위해 아까 이자카야에서 있었던 일을 떠올렸다.

흘러나오는 음악에 맞춰 그가 테이블 위를 오른쪽 손가락으로 가볍게 두드리고 있을 때였다.

"뭐야, 애들처럼 장난이나 치고."

"아, 손가락. 이거, 전에 사고를 당해서."

노래에 맞춰 테이블을 통통 치길래 왜 장난치느냐고 농담을 던진 건데, 그는 손가락이 왜 이렇게 됐느냐고 묻는 줄 알았던 모양이다. 회사에서 산업용 종이 절단기를 쓰다가 검지 손가락이 절단되어서 그 이후로 손톱이 제대로 자라지 않는다고 갑작스러운 고백을 해왔다. 그러면서 당시 여자친구가 한 번도 병문안을 오지 않았고 끝내 이별을 고해서 무척이나 절망스러웠다는 이야기를 그는 담담히도 꺼내놓았다. 아무렇지 않게 자신의 손가락을 내려다보는 그의 시선을 따라가고 나서야 흉터를 알아챘다. 손톱이 조금밖에 남지 않은 뭉툭한 검지를 보고 놀라지 않았다면 거짓말이다. 그 짧은 찰나에 왜 불행은 한꺼번에 몰려오는 걸까, 이 사람이 가엾다는 생각까지 들었다. 하지만 동시에 그의 건강한 자존감이 감탄스러웠다. 나였으면 사람을 만나고 싶지 않아 한동안 집 밖에 나가지 않았을 텐데. 사진 한 장에도 가공을 거듭하는 내게는 없는 강함이 그에게는 있었다.

코로나로 생긴 답답함을 다들 노래방에서 푸나, 처음 갔던 노래방은 만실이어서 겨우 다른 노래방을 찾아 들어갔다. 술을 마실 거라면 무제한 요금이 싸다는 점원의 설득에 넘어가 '알코올 무제한' 요금을 선택하고 방에 들어갔다. 마이크가 손에서 떨어질 틈도 없이 둘이서 연달아 한창때의 노래를 불렀다. 다른 나라에서 나고 자랐는데도 오랜만에 고등학교 동창을 만난 듯 호흡이 척척 맞았다.

폐점 시간이 다 되어서 마지못해 노래방을 나왔다. 이대로 헤어지자니 아쉬웠다. 마감 준비에 한창인 가게들을 지나 낮에 버스에서 본 편의점에서 커피 두 잔을 내려 나란히 걸었다. 4월의 밤바람은 꽤 쌀쌀했지만 따뜻한 커피를 홀짝이니 추위도 견딜 만했다. 그렇게 걷다가 어느 맨션 앞 작은 화단에 걸터앉아 대화를 나누었다.

어느새 시곗바늘은 아홉 시를 가리키고 있었다. 역으로 돌아갈 때도 우리의 손바닥은 계속 마주보고 있었다. 쉽사리 떨어지지 않는 발걸음을 뒤로하고 나는 대기 중이던 버스에 올랐다. 창 너머로 그가 나를 계속 지켜보고 있었다. 그에게 손을 흔들고 있는데 버스가 출발했다. 점점 멀어지다가 서로가

점으로 보일 때쯤 그도 역에 들어갔다. 그 모습 위로 여러 장면들이 겹쳐졌다. 최근 들어 가장 이상한 하루였다. 느릿하던 낮의 버스와 달리 거침없이 달리는 밤의 버스 안, 온종일 둘이었다가 혼자가 된 나. 왠지 모를 아련함이 느껴졌다.

이날 무슨 이야기를 그렇게나 많이 했는지 잘 기억나지 않는다. 하지만 그와 같이 앉아 있던 화단을 둘러싼 풍경들은 여전히 머릿속에 남아 있다. 도로를 내달리는 자동차 라이트를 좇던 순간, 뺨에 닿는 차가운 밤바람, 뜨거운 커피, 맨션 앞을 꾸며놓은 소소한 전구들, 어색하지 않은 침묵, 약간의 두근거림, 추위에 곱은 내 손을 감싸던 커다랗고 다정한 손, 그 사이로 스며드는 온기. 이대로 시간이 멈춰 지금의 안온함이 영원하기를 바랐다.

화수분,
가장 밑바닥의 고백

일본인의 속내는 도무지 예상이 안 된다. 친한 줄 알았는데 뒤
돌아서면 서로를 비난하던 동료들, 카페 아르바이트 첫날에
티스푼을 깜빡하고 안 드렸더니 커피에 입도 안 댔으면서 잘
먹었다고 굳이 인사하며 나간 손님, 오늘 즐거웠다고 먼저 라
인 메시지를 보내놓고는 내 답장에 두 번 다시 대답하지 않던
채팅 상대들. 이곳에서 10년째 사는데도 그들의 감정선을 따
라가기 어려웠다. 그래서 토요일 낮부터 저녁까지 붙어 있던
그 사람의 속마음을 어렴풋이 알아채긴 했지만 확신이 들지
는 않았다.

토요일 밤, 그와 헤어지고 집에 돌아와 내가 먼저 그에게 라인을 보냈다. '오늘 하루 즐거웠어'라는 확답을 듣고 싶었다. 잠시 후 그에게서 답장이 도착했다. 한참 메시지를 주고받다 침대에 지친 몸을 누였을 즈음 전화가 걸려왔다. 무슨 말을 꺼낼지 짐작이 가서 어물쩍 넘어가려 했더니 그가 직구를 날렸다. 사귀자고.

"오늘 한 번밖에 안 만났는데 뭘 알고 사귀자는 거야?"

"네가 어떤 사람인지는 그간 이야기하면서 다 파악했어. 게다가 같이 있으면 즐거운걸."

핸드폰 밖 현실 세계에서도 그는 좋은 사람이었다. 함께하는 순간이 계속되기를 바랄 정도로 그에게 호감을 느꼈다. 하지만 앱에서 만난 사람에게 쉽게 경계심을 풀 수는 없었다. 사회통념상 일반적으로 받아들여지지 않는 만남에 괜스레 죄책감이 들었고, 우리가 어떻게 만났는지 주변에 말하는 모습이 잘 그려지지 않았다. 삼십대 중후반, 결혼을 고려해야 하는 나이라 어설프게 시작하면 서로에게 상처만 된다는 점도 걸림돌이었다. 가족들이 남들과는 조금 다른 그의 외모와 손가락을 탐탁지 않아 할까봐 걱정되기도 했고.

나의 화수분에는 금은보화가 아니라 고민이 끊임없이 흘러넘쳤다. 서른여덟 살 외국인 노동자에게 연애는 사치에 가까웠고 딱딱한 지반에 뿌리를 내리려 애쓰는 날들에 달콤함은 없었다. 늘 그랬듯 혼자 울고 웃으며 술을 마시고 한숨을 내쉬는 삶이 편안했다. 연인이라는 관계는 버겁게만 느껴졌다. 나는 도전보다 안주하는 것이 더 쉬운 사람이었다. 그래서 도망쳤다.

"솔직히 너는 내 타입이 아니야."

일일이 설명하면 상처를 줄 것 같아 일부러 가장 차갑고 뭉뚱그려진 이유를 댔다. 그도 아는 한국연예인을 이상형이라고까지 밝혔다. 대쪽 같은 거절에 그는 잠시 조용해지더니 "내가 싫은 게 아니라면 기다릴게"라고 조심스레 말을 이었다.

다음 날 아침 여덟 시 즈음 눈이 떠졌다. 최근 2-3년 동안 스트레스 때문에 두 시간에 한 번 꼴로 깼는데, 오랜만에 푹 잠들었다. 창밖의 햇살에 일어난 기분좋은 아침, 이불에 몸을 둘둘 만 채 어제 일을 곱씹어보았다. 겨우 반나절 함께 지냈을 뿐인데, 그의 애정을 매몰차게 밀어냈는데, 이상하게 그가 보고 싶었다. 그래서 그에게 동네를 구경하러 가도 되냐고 물었다. 장난치는 줄 알았는지 그는 흔쾌히 동네로 오라고 했다. 내가 "농담 아니고 진짜 간다고"라고 보내고 나서야 그는 빈

말이 아님을 알아차렸다. 몇 분 뒤 "시간 괜찮으면 와"라는 답장이 도착했고 나는 곧장 외출 준비를 시작했다.

텅 빈 전철에 혼자 덩그러니 앉아 내가 지금 뭘 하는 건가 수차례 생각했다. 한 시간 남짓 달려 도착한 한낮의 시골역. 전철이 떠나자 역사는 이내 적막에 휩싸였다. 주위를 둘러보니 계단 위 통로를 가로질러 건너편 플랫폼으로 내려가야 했다. 한 시간 내내 미동도 없이 앉아 있었더니 엉덩이가 저릿한데 갑자기 계단이라니. 느릿느릿 걸어 개찰구로 향했다. 교통카드에서 한 번에 천육백 엔이 빠져나가는 걸 보니 먼 거리를 달려왔다는 게 실감이 났다. 역 밖으로 나오자 검은 SUV 한 대가 내 앞에 섰다.

쑥스러운 인사를 나누고 조수석에 올랐다. 안전벨트를 매며 '모르는 사람 차 타는 거 아니랬는데. 어제 처음 본 사람은 아는 사람인가' 하는 생각이 뇌리를 스쳤다. 그는 배가 고프냐고 묻더니 드라이브를 하자며 뻥 뚫린 도로로 차를 몰았다. 가게들이 드문드문 늘어선 쭉 뻗은 도로를 달리니 마치 경기도 외곽에 있는 기분이었다. 어디에 가는 거냐고 묻자 그는 가루이자와에 가고 있다고 답했다. 여기 역 근처에는 아무것도 없다고 덧붙이면서. 어제 처음 만난 남자가 사는 동네에 와서 그의 차를 타고 우리집에서 160킬로미터나 떨어진 가루이자와에 가고 있다니. 이 남자와 있으면 좀처럼 하지 않을 선택을 자꾸 하게 됐다.

사회적 거리 두기 때문에 새로운 사람을 만날 일이 드물어져서, 사람에 대한 면역이 사라져서, 주말이라 기분이 들떠서 그래. 한참 동안 차 안에서 내 자신과 실랑이를 벌였다. 그 이유가 중요한 게 아니라는 사실을 알면서도 말이다,

가루이자와에 가다가 중간에 차를 세우고 편의점에 들러 맥주 한 캔을 샀다. 운전하는 사람 옆에서 맥주는 좀 오버였나 싶어 순간 멈칫했지만 이내 캔 뚜껑을 따고 목구멍으로 맥주를 넘겼다. "나만 마셔서 좀 미안하네." 말과는 달리 맥주를 벌컥벌컥 들이켜며 행복해하는 나. 하늘은 파랗고 바람은 시원하고 맥주는 맛있고 자동차는 부드럽게 흔들리고. 지금 이 순간이 좋았다. 미안해하지 않아도 된다며 웃는 남자를 종종 곁눈질로 쳐다보았다. 이 사람은 오늘 무슨 생각을 하며 나를 맞이했을까.

다 마신 캔을 내려놓고 눈을 한 번 깜빡였을 뿐인데 정신을 차려보니 산길에 들어와 있었다. 풍경을 바라보는 척 몸을 돌려 축축한 입가를 손등으로 문지르는데 창밖으로 가루이자

와의 상점가가 보였다. 차를 세우고 점심을 먹을 만한 가게를 찾아보았지만 이미 점심시간이 지나 가게들이 대부분 브레이크타임이었고 문을 연 가게도 얼마 없었다. 한참을 헤매다 그가 상점가 입구에서 '미노야'라는 라멘가게의 입간판을 발견했다. 앞장선 그를 따라간 곳에는 수상한 미닫이문이 하나 있었고 그는 망설이는 듯 뒤를 돌아봤다. 분위기를 따질 때가 아니었기에 그의 등을 밀었다.

문을 열자 네댓 명이 앉을 수 있는 카운터석이 가게를 차지하고 있었다. 가게를 둘러보는 사이 그는 식권 자판기에 천엔짜리 지폐를 넣고는 내게 버튼을 누르라 손짓했다. 운전까지 해준 사람에게 마냥 얻어먹기 미안했지만 식당에서 점심장사가 끝났다며 주문을 받지 않을까봐 서둘러 메뉴를 고르고 자리에 앉았다.

카운터석은 나란히 앉아 있는 자리라 마주보는 테이블보다 덜 어색하다. 똑같은 생각을 했는지 그의 시선도 주방을 향해 있었다. 면을 헹구고 돼지고기를 써는 소리, 식기세척기가 돌아가는 소리, 가게 안은 소리로 꽉 차 있어 별다른 대화가 필요 없었다. 그사이 음식이 뚝딱뚝딱 만들어졌고 주인아주머니가 라멘 그릇이 놓인 쟁반을 건넸다. 그릇까지 먹어치울 수 있을 만큼 배가 고파 얼른 받았다. 그릇에 코를 박고 허겁지겁 면발을 먹는데 주인아주머니가 서비스로 미니 돼지고기덮밥을 주셨다. 게걸스러워 보일까봐 덮밥을 먹을지 말지 고민하고 있을 때, 주인아주머니가 어디서 왔냐며 말을 걸어왔다. 한국과 도쿄 중 어느 곳을 대야 할지 머뭇거리고 있는데 그가 대신 도쿄라고 대답해주었다. 그 질문을 시작으로 아주머니의 수다가 이어졌다. 정신을 차리고 보니 그녀와 가족들의 신상 정보까지 손에 넣을 수 있었다.

"그런데 두 사람은 사귀는 사이야?"

손님과 이야기하기를 좋아하는 아주머니에겐 수많은 레퍼토리 중 하나였을 것이다. 아무 사이도 아닌 남녀가 단둘이 지방 관광지에 찾아올 리도 없을 테니까. 지레 찔린 나는 손사래를 쳤다. 의심스러웠는지 아주머니가 미소를 띠며 진짜냐고 물었다. 친구 사이라고 말하려는 그때…….

"저는 좋아하는데 이쪽은 아닌가봐요. 어제 고백했는데 차였거든요."

어제 분명히 기다리겠다고 해놓고서 고백을 거절한 사람으로 만들어버렸다. 뭉근하게 관계를 지켜보려 했다며 반박하고 싶었지만 아웅다웅하는 것 자체가 꼭 사랑싸움처럼 보일 테니 말없이 면발만 입에 넣었다.

"그래도 포기하지 말아요. 처음엔 친구라고 하더니 나중에 결혼했다며 다시 찾아오는 손님들 많거든."

아주머니 기억 속에 남은 커플들 이야기가 휘몰아쳤다. 화려한 입담에 고개를 들고 경청하게 되었다. 그러다 아주머니가 손금을 볼 줄 안다며 그에게 오른손을 보여달라고 했다. 그의 손을 보고 아주머니가 놀라지 않을까 걱정했지만 다행히 그런 일은 없었다. 아주머니는 그에게 몇 마디 덕담을 해주고는 내게 손을 내밀었다. 젊어서 그런지 손이 곱다며 내 손을 연신 쓰다듬어줬다.

"하나도 안 젊어요. 서른도 한참 넘었는데요."

"그래? 한 스물아홉 정도로 보이는데?"

이십대로 보인다는 그 한마디에 사람 볼 줄 아는 아주머니의 점괘가 틀릴 리 없다고 확신했다. 그녀는 우리가 천생연분이고 처음에는 부모님이 반대하실지언정 차차 괜찮아질 거라고 말했다. 그에게는 좋은 아가씨니 절대로 놓치지 말라고 신신당부까지 했다. 가게 주인에게 손금을 받아보는 건 난생처음이라 옛 설화처럼 밖으로 나가면 가게가 흔적도 없이 사라져 있을 것만 같았다. 그래서 몇 번이나 골목을 뒤돌아보았는데 가게는 그대로 있었다.

돌아가는 차 안에서 왜 아주머니가 내 손을 어루만지며 몇 번이나 괜찮다고 했을까 돌이켜보았다. 마치 내 속을 꿰뚫어 보듯 걱정하지 말라고 다 잘될 거라고 달래주는 것 같았다. 알게 된 지 얼마 안 된 사람과 낯선 동네에 와서 인연이라는 소리까지 들었다. 운명일까. 한 번도 믿은 적 없는 운명론이 떠오르자 복잡미묘한 감정은 좀처럼 사그라들지 않았다.

한참 생각에 잠겨 있다가 앞을 바라보니 그의 동네 어귀에 들어서 있었다. 어느덧 하늘은 노을로 붉게 물들어 있었다. 나와 더 같이 있고 싶었는지 그는 강아지를 보여주겠다며 집에서 강아지를 데리고 나왔다. 그래서 공원에 가서 열심히 공을 던지며 강아지와 놀았다. 나를 잔뜩 경계하던 강아지는 마음을 조금 열었는지 열 번에 한 번은 내게 손을 턱 주었다. 강아지와 너른 잔디밭을 달리다가 잠시 벤치에 앉아 숨을 골랐다. 가만히 앉아 있다보니 봄바람이 꽤나 쌀쌀하게 느껴졌다. 내가 추워하는 걸 눈치챘는지 그는 자동차에서 니트 재킷을 꺼내와 내 어깨에 덮어주었다. 재킷에서는 그의 향수 냄새가 은은하게 났다.

역으로 돌아가는 길, 자동차 오디오에서는 밤에 드라이브 할 때 듣기 좋은 곡이 흘러나오고 우리는 말없이 헤어짐을 아쉬워하고 있었다. 역에 도착해 차에서 내리는데 그가 추우니 입고 가라며 재킷을 건넸지만, 나는 괜찮다고 말하며 받지 않았다. 돌려줘야 한다는 구실로 다음 약속을 잡고 싶지 않았다. 다시는 이 사람을 보지 못한다는 게 아쉽긴 하지만, 이번 주말을 한여름 밤의 꿈이라고 여기기로 결정했기 때문이다. 월요일이 되고 무거운 일상이 닥치면 달짝지근한 일을 신경쓸 겨를이 없을 것이다. 역 벤치에 앉아 애써 마음을 정리하며 무심결에 귀를 만졌는데 귓바퀴에 이어커프가 없었다. 그의 차나 아까 공원에 흘린 듯했다.

조심히 들어가라는 그의 메시지에 이어커프를 잃어버렸다고 했다. 그러자 그는 내일 날이 밝으면 찾아보겠다고 답장했다. 액세서리라도 하고 나가야겠다고 생각하며 급하게 산 오백 엔짜리 물건이었다. 그러니 이미 효용을 다했다. 일회용이 되어버린 건 아깝지만 어떤 의미로 보면 잘 어울리는 엔딩이었다.

이런 사람을
다시 만날 수 있을까

드라마에 몰입하다보면 은연중에 운명적인 러브스토리를 꿈꾸게 된다. 하지만 우연히 사랑에 빠지는 일은 간단히 일어나지 않는다. 그렇게 믿어왔다.

월요일 아침, 익숙한 알림음에 눈꺼풀을 억지로 올리고 손을 더듬더듬 뻗어 핸드폰을 찾았다. 코앞까지 들이대야 겨우 보이는 화면에 라인이 하나 와 있었다. 그의 아침 인사였다. 그는 나의 지지부진한 태도에도 평소처럼 밝게 메시지를 보내왔다. 그의 다정한 연락에 나도 출근 준비를 하며 틈틈이 답장을 보냈다. 지하철에 타서도 잘 잤는지, 무슨 꿈을 꾸었는지 일상을 주고받다가 우치사이와이초역에 도착할 즈음, 대화를 마무리지었다.

핸드폰을 주머니에 욱여넣고 좁고 가파른 계단을 올라가자 따가운 햇살이 얼굴 위로 쏟아졌다. 숨을 고를 새도 없이 무표정한 직장인들 속으로 들어가 다른 전철로 갈아탔다. 러시아워의 만원 전철 안에 있으니 쉴새없이 요동치던 주말의 감정들도 언제 그랬냐는 듯 제자리를 찾았다. 차가 신호에 걸릴 때마다 그가 어떤 표정으로 핸드폰을 만지작거릴지 눈앞에 그려진다는 점만이 유일하게 달랐다.

이어커프가 차에 없었는지 나보다 먼저 퇴근한 그가 해가 지기 전에 공원에 가보겠다고 했다.

나는 한번 손에 들어온 물건을 잘 버리지 못한다. 그래서 그 물건이 내 인생의 0.01퍼센트만 차지하는 하찮은 것이라 해도 막상 잃어버리면 쉽게 상실감에 빠진다. 아무리 그래도 그 넓은 공원에서 새끼손톱만한 이어커프를 어떻게 찾는단 말인가. 그럼에도 그가 이어커프를 찾아준다면 어제 라멘집을 포함해 온 우주가 우리를 붙여놓으려 애쓴다고 생각할 수밖에 없었다. 그러나 가능성은 매우 희박하다. 우주는 그리 한가하지 않으니까.

주인조차 기대하지 않는데 잔디밭을 샅샅이 뒤지고 있을 그 사람을 생각하니 마음이 불편했다. 오백 엔의 값어치만큼은 썼으니 찾지 말라고 할걸, 후회됐다. 그런데 내가 퇴근 후 집에 가고 있을 때 그에게서 라인이 하나 도착했다. 내 이어커프 사진이었다.

"이번 주말에 만날래? 줄게."

그와의 시간을 쌓아갈수록 행복과 괴로움이 공존했다. 속물스러운 나의 본모습과 마주해야 했기 때문이다. 그는 좋은 사람이었지만 내게 100점짜리 남자는 아니었다. 앱에서 시작된 만남, 그가 내게 진심인지 모르겠는 불안함, 거리와 나이도 신경쓰였지만 무엇보다 주위 사람들이 그를 어떻게 바라볼지가 가장 마음에 걸렸다. 그래서 그의 따뜻함과 올곧은 성품에는 눈을 질끈 감았다. 그를 받아들이려면 그릇이 작은 나를 뛰어넘어야 하는데 차마 용기가 나지 않았다.

그가 고생해서 찾은 이어커프는 그런 내 마음에 큰 반향을 일으켰다. "혹시나 하고 벤치를 기웃거렸더니 거기 있더라." 힘들게 찾았다고 말하기 부끄러워 부리는 것 같은 허세. 그와 통화하는 내내 이상한 기분에 휩싸였다. 누군가가 내게 대가 없는 호의를 주는 것은 오랜만이었고 나를 위해 고생을 마다하지 않았을 그를 생각하면 가슴이 찡했다. 게다가 그날 밤 그는 술에 취해 이렇게 말했다.

"내가 조금만 더 잘났고 네가 조금만 더 못났다면 좋았을 텐데."

쓸쓸하게 내뱉는 한마디에는 여러 의미가 함축되어 있었다. 그는 관계를 놓을지 말지 갈팡질팡하는 나의 갈등을 다 알면서도 내가 주는 상처를 덤덤히 끌어안고 있었다. 추악한 생각을 들켰다는 부끄러움보다 착한 사람에게 그런 말을 하게 만들었다는 것이 미안했다. 큰일을 겪고도 구김살 없이 살아가는 그의 건강함은, 겉으로는 밝고 씩씩한 척하지만 속으로는 나약하고 무기력한 나와는 차원이 달랐다. 내가 아무리 발버둥쳐도 가질 수 없는 마음가짐이었다. 그런데 내가 뭐라고 저 사람에게 그런 소리를 하게 만들까.

나와는 비교도 안 될 정도로 훌륭한 사람이면서 왜 자신을 낮춰서 이야기하느냐고 타박하다가, 내가 얼마나 덜 되어먹었는지 털어놓던 중 가슴이 먹먹해져 말을 잇지 못했다. 숨죽여 눈물을 흘리는 사이, 전화기 건너편에서 그가 울음을 삼키는 소리가 들렸다. 둘이서 한참을 그렇게 울다가 생각했다. 고작 나 같은 사람을 위해 잔디밭에서 자그마한 귀걸이 하나를 찾아오는 사람을 어디서 만날 수 있을까. 순수한 마음으로 나를 아껴주는 사람은 쉽게 찾아오지 않는다. 내 인생에서 앞으로 이 사람밖엔 없겠다는 데에 생각이 닿았다. 코맹맹이 소리로 "우리 한번 만나보자"라고 말하다가 다시 눈물이 터져나왔다.

어느새 열두 시가 지나 4월 13일 화요일이 되었다. 새벽 한 시까지 이어진 전화는 눈물과 콧물로 얼룩진 얼굴을 닦고 나서야 끝이 났다. 아침이 되자마자 전날 밤의 그 격정적인 시간은 '우리의 1일은 전화가 시작된 12일인가, 끝난 13일인가'를 정리하는 것으로 귀결되었다. 기쁨과 자기혐오, 절절함이 교차하던 눈물의 밤을 보낸 것치고는 평범하고도 세속적인 결말이었다.

4월 13일을 우리의 1일로 결정 지은 후, 퉁퉁 부은 눈을 안경으로 감추며 집을 나섰다. 부기로 뻣뻣해진 눈가가 어젯밤 일을 상기시켰다. 마음속에 생긴 일렁임은 익숙한 일상에 필터를 씌운 듯 모든 것을 아름답게 만들었다. 가뜩이나 짜증나는 출근길에 만난, 좌석 두 칸을 차지하고 코 고는 대머리 아저씨. 평소 같으면 '이 사악한 아저씨는 머리는 뜨문뜨문한데 양심에는 모발이 무성하다'며 악담을 퍼부었을 텐데 오늘은 그저 안쓰러웠다. 연애를 강요하는 사회 분위기에 진절머리를 쳤던 내가 세상이 아름다워 보인다고 하다니. 빈틈없던 마음에 소중한 무언가가 생긴 기분이었다.

그 주 일요일 우리는 다시 아카바네에서 만났다. 불과 일주일 사이에 상황은 180도 달라졌다. 버스를 타고 가는 길, 망설임은 사라지고 순수한 기쁨과 설렘만이 가득했다. 역 앞에서 만난 그는 자연스럽게 손깍지를 꼈다. 내 손이 쏙 들어가는 그의 손은 여전히 크고 따뜻했다. 갑자기 그는 슥슥 땀을 훔치더니 다시 손을 잡았다. 긴장한 모습에 피식 미소가 지어졌다.

우리는 조금 걷다가 한 선술집으로 들어갔다. 날씨가 꽤 포근해서 야외에 설치된 드럼통 테이블에 자리를 잡았다. 맥주를 기다리는 사이, 그가 생각났다는 듯 가방에서 이어커프를 꺼냈다. 흠집 하나 없이 깨끗했다. 또다시 잃어버리지 않도록 화장품 파우치 안에 꼭 챙겨넣었다.

매일 긴 통화를 이어왔는데도 오랜 시간 마주보고 있으니 새삼 서로에 대해 많이 모른다는 사실을 깨달았다. 뭐든 순간적인 직감으로 고르는 나와 달리 그는 메뉴 하나를 고를 때에도 신중히 고민하고, 차도와 인도의 경계가 흐릿한 길에서는 나를 안쪽으로 걷게 하는 사람이었다. 전화와 문자에서는 보이지 않던 모습들. 있는 그대로의 그를 받아들이는 것이 두려워 내가 스스로 그어둔 선을 넘지 않았더라면 몰랐을 모습들. 우리는 앞으로도 새로운 서로를 발견할 것이다. 미처 떨쳐내지 못했던 삶의 부정적인 기억들은 이 동네에 다 털어내고 가야지. 때로는 사랑스럽고 때로는 밉살스러울 그를 더 많이 간직할 수 있도록. 집으로 돌아가는 버스 안에서 내가 보이지 않을 때까지 손을 흔드는 그를 보면서 생각했다.

도쿄에서 일합니다

2020년 한 해 동안 눈코 뜰 새 없이 바빴다. 일본에 온 외국인 유학생의 취업을 지도하는 나의 업무에도 코로나가 큰 영향을 미쳤기 때문이다. 학사일정 변동은 물론이고, 기업의 채용 방법도 온라인으로 바뀌는 바람에 연수 프로그램을 새로 기획해야 했다. 기껏 세워놓은 계획도 감염자 상황에 따라 하룻밤 사이에 어그러지기 일쑤였다. 정신없던 1년이 지나고 잠시 숨을 돌리고 있는데, 갑자기 회사에서 3월 중에는 반드시 하루 휴가를 내라고 지시했다. 1년에 최소 유급휴가 5일을 사용하지 않으면 회사가 과태료를 물어야 하기 때문에 부랴부랴

3월을 의무 휴가의 달로 지정해버린 것이다. '실컷 부려먹을 땐 언제고 이제 와서 쉬라니. 말이야 방귀야'라며 불평하고 싶었지만 일본어에는 마땅한 표현이 없어 그냥 알겠다고 말했다. 만개했을 벚꽃을 기대하며 3월 마지막 주 금요일에 연차를 썼다.

휴가 당일, 약속은 딱히 없었지만 아침 열 시부터 집을 나섰다. 러시아워가 지나자 지하철은 꽤 한산했다. 좌석에 앉아 진동을 느끼며 햇수를 헤아려봤다. 워킹홀리데이를 제외하고도 며칠 후면 일본에 온 지 딱 10년 차에 접어든다.

잘도 버텼다. '해외 직장생활'이라는 말은 근사해 보이지만 폐쇄적인 일본사회에서 나는 마이너리티 삼종 세트였다. 외국인, 미혼, 여자. 방패가 되어줄 가족도 없으니 더더욱 만만한 존재. '이래서 외국인은 안 된다니까' 소리가 나오지 않도록 더 악착같이 일했다. 그러나 돌아오는 건 허탈함과 '한국여자는 드세고 일본을 잘 모른다'와 같은 헛소리였다. 차라리 일 말고 연애에 매달렸다면, 나를 믿고 아껴주는 사람이 곁에 있었다면 말라비틀어져가는 마음도 더 버텨주지 않았을까. 회사를 나가면 그길로 끝인 일 말고.

만약이라는 물음표를 계속 던지는 사이 우에노역에 도착했다. 우에노는 속된 말로 내 '나와바리'였다. 그동안 수도 없이 이곳을 돌아다녔다. 그래서 이날도 혼자 익숙한 곳을 둘러보며 시간을 떼우려 했다.

예전 같으면 벚나무 아래에 돗자리를 깔고 앉아 맥주를 들이켰을 텐데, 코로나 정책으로 자리를 펴고 앉는 것이 금지되었다. 아쉬운 대로 커피를 사 들고 우에노공원으로 향했다. 시노바즈노이케연못을 한 바퀴 돌고 점심을 먹으러 갈 계획이었다. 연못을 따라 심어진 벚꽃은 보기 좋게 만개해 있었다. 벚꽃 명소라 그런지 평일인데도 사람들로 북적였다. 잠깐 벤치에 앉아 봄날을 느끼려는데, 엉덩이를 붙이기가 무섭게 비둘기들이 콩고물이라도 떨어질까 기대하며 달려들었다. 그 모습에 기겁하며 성급히 자리를 떴다. 비둘기가 평화의 상징이라는 말은 다 옛말이다. 평화는 무슨, 공원의 작은 야쿠자나 다름없다.

그래도 탁 트인 하늘에 흩날리는 벚꽃을 보니 확실히 기분 전환이 되었다. 가벼워진 걸음으로 마루이 백화점에 가서 예쁜 그릇을 들어보고 한국 분식집 스타일의 돈가스를 먹고도 시간이 남아 마사지숍에 들어갔다. 어디가 아프냐는 마사지사의 질문에 곧장 "어깨랑 팔이랑 등이랑 허리요"라고 대답했다. 몸에 성한 곳이 한 군데도 없었다. 딱딱하게 굳어 있던 근육을 풀어내고 도쿄돔시티 맞은편의 프랜차이즈 레스토랑에서 와인 한 잔을 마셨다. 창밖의 관람차를 바라보며 홀짝이는 와인은 하루를 근사하게 포장해주었다.

온종일 사람들 틈에 있다가 현관문에 들어서자 평소보다 집이 더 삭막하게 느껴졌다. 다녀왔습니다, 어서 오렴 하고 스스로를 맞이해보았지만 쓸쓸함을 달래기에는 역부족이었다. 샤워를 하고 머리를 말리는 동안에는 드라이기 소리라도 있었지만, 드라이기 전원을 끄자 다시 적막이 찾아왔다. 그 고요함이 싫어 채팅 앱에 들어갔다. 우울감을 잊는 데에는 이만한 것이 없었다.

정처 없이 앱을 돌아다니다가 문득 내 프로필에 시선이 멈췄다. 불순한 목적으로 다가오는 사람을 피해 늘 프로필에 풍경이나 장식품 사진을 걸어두는데 꽃구경을 다녀온 날을 기념하며 연못에서 한참 찍은 벚꽃으로 사진을 바꿨다. 봄을 좋아하는 사람에게 가닿기를 바라면서.

부푼 기대감에 잠시 기다려보았지만 메시지는 오지 않았다. 내가 먼저 누군가에게 연락할 기분은 아니라 핸드폰을 내려놓고 냉장고에서 레몬사와를 꺼냈다. 드라마를 보며 한 캔 두 캔 마시다보니 졸음이 쏟아져 침대에 누웠다. 잠들기 전 마지막으로 다시 한번 앱을 켰다. 여전히 새로운 알림은 없었다.

허전한 기분은 아무도 내 사진을 칭찬해주지 않았기 때문일까, 아니면 누군가와 연결되고 싶다는 바람이 무너졌기 때문일까. 이불 속으로 스며드는 외로움을 뒤로한 채, 하루이틀도 아니고 항상 혼자였잖아, 하고 스스로를 다독이며 눈을 감았다. 사진 한 장이 지금 내 옆에 누워 있는 사람을 불러올 줄은 전혀 예상하지 못한 채.

채팅 앱 사용법

얼굴을 마주하지 않아도 랜선 너머로 사람과 연결되어 있다는 기분 때문에 SNS를 좋아한다. 하지만 낮이고 밤이고 친구들에게 연락하며 그들을 괴롭힐 수는 없었다. 그럴 때 채팅 앱이 유용했다. 접점 없는 이들에게서 그들이 사는 방식과 내가 모르는 세상 이야기를 들을 수 있어 흥미로웠다. 가끔가다 듣는 업계 이야기는 일에 도움되기도 해서 일면식도 없는 사람과 이야기하며 낭비하는 시간에 면죄부를 주기도 했다.

보통은 심심풀이에 그쳤지만 몇몇은 만나기도 했다. 다만 믿을 만한 사람이라는 확신이 설 때까지는 섣불리 다가가지 않았다. 가장 중요한 기준인 '대화가 장기간 이어지는가'에 맞게 상대를 판단했다. 또 그간 쌓아온 나의 빅데이터를 기반으로 이런 사람들을 걸렀다.

1. 대뜸 사진이나 라인 아이디를 요구하는 사람. 그들의 목적은 대화가 아니다.

2. 카카오톡 아이디를 교환하자는 사람. 일본에서는 주로 라인을 쓰기에 켕기는 것이 있는 사람은 비교적 탈퇴하기 쉬운 카카오톡으로 넘어가자고 하는 편이다.

3. 당장 만나자거나 성적인 대화를 시도하는 사람. 속내를 숨기지도 않는다.

앱에서 전 직장의 클라이언트와 연결된 적도 있었다. 우연한 재회가 신기해 메시지를 몇 번 주고받다보니 어느새 같이 저녁을 먹게 되었다. 식사 후에는 좋은 인연을 만나게 해준다는 도쿄대신궁에 들러 그의 파혼 이야기까지 들었다. 내가 마음에 들었는지 그는 주말에 건담을 보러 가자고 제안했다. 건담엔 관심이 없다고 거절했더니 그다음 주에 자기 집에서 피자를 먹으며 영화를 보잔다. 굳이 남의 집까지 가서 영화를 볼 이유는 없어 딱 잘라 거절했더니 그길로 연락이 끊겼다.

그는 3번 유형이었을까. 그 사람과는 딱 거기까지였겠지.

아닌 연을 억지로 이을 필요는 없다.

우에노에서 휴가를 보내고 온 다음 날 아침, 채팅 앱 알림
창에 새 메시지가 떠 있었다.

"꽃구경 다녀왔어요?"

처음이자 마지막으로 내 벚꽃 사진에 반응한 사람이었다.
전날 꽃구경을 다녀온 이야기에서 비둘기 이야기로 이어지나
싶더니 얼마 지나지 않아 답장이 끊겼다. 혼자 보내기엔 길고
지루한 토요일 오전, 모처럼 얻은 대화 상대를 잃어 아쉽긴 했
지만 구질구질하게 더 연락하지 않았다. 앱에서 스쳐가는 사
람에게 기대를 품지 않은 지 오래였다.

일요일 아침, 그에게서 잠들었다는 답장이 왔다. 무슨 잠
자는 숲속의 공주도 아니고 하루를 꼬박 잔담? 되도 않는 변
명을 늘어놓는 게 영 뻔뻔스러웠다. 중간에 대화가 끊기는 사
람도 그다지 좋은 상대는 아니라고 생각하기 때문에 평소 같
으면 그를 무시했을 것이다. 그런데 간만에 푹 쉬어 마음이 너
그러워졌는지 안녕하세요, 하고 인사해버렸다.

별로였던 첫인상과 달리 대화는 하루종일 계속됐다. "죽이
잘 맞으니 이쯤에서 결혼하자"는 그의 말에 내가 "그럼 내일
구청에서 만나자"며 농담을 가볍게 주고받던 중 그가 라인 아

이디를 물어왔다.

'대화를 시작한 당일, 메신저 아이디를 묻는 사람에게 아이디를 공유하지 않는다.'

나의 채팅 철칙 중 하나다. 그런데 정신 차리고 보니 내가 아이디를 입력하고 있는 게 아닌가. 하루에 두 번이나 철칙을 어기고 말았다.

내가 세운 규칙이니 어겨도 괜찮다고 가볍게 넘기려는데 한 가지 문제가 있었다. 그에게 나를 '케이'라고 소개했다는 것이다. 케이けい는 일본에도 있는 이름이라 그가 신경쓰지도 않았겠지만, 내 라인 프로필명은 누가 봐도 한국인 이름이었다. 허겁지겁 라인 프로필명을 바꾸며 빅데이터를 자꾸 비켜가는 사람에게 경계를 늦추지 말자고 다짐했다. 평소와 다른 나의 대응이 그와의 연을 여기까지 끌고 왔지만 원래라면 끊어지고도 남았을 관계다. 외로움을 채우려고 벽을 쉽게 허물었다가 실망하는 건 이미 질리도록 해봤다. 괜한 기대감을 품으면 더 상처받을지도 모른다. 스스로를 지키기 위해선 가시를 곤두세워야 한다. 오랜 타지생활이 준 교훈이었다.

'그렇구나' 한마디

대화는 서로 공을 주고받는 캐치볼 같다. 질문과 대답, 공감과 리액션을 적절히 나누며 서로를 알아간다. 채팅 앱에서도 마찬가지다. 답장 내용, 길이, 답장하는 데 걸리는 시간이 상대에 대한 정보와 그의 가치관을 파악하는 열쇠가 된다. 초반에는 고향을 물으며 말문을 트는 편이다. 동향 사람이면 공감대를 형성할 수 있고, 고향이 다르면 특산품이나 관광지를 대며 대화를 이어갈 수 있기 때문이다. 하지만 내게 고향은 어디냐는 질문은 껄끄러웠다. 내 고향은 서울이니까.

일본인은 친절하다는 대외적인 이미지와 달리 일본사회

는 외국인에게 냉정하다. 일본어에 능통해도 응급실 입원을 거절당할 수 있고 새치기한 사람이 외국인 같지도 않은데 "하여튼 외국인은" 하며 혀를 차기도 한다. 당연히 모든 일본인이 그렇지도 않고 외국인에게 친절하게 다가오는 일본인도 있지만, 외국인에게는 밑도 끝도 없이 거부감을 느끼는 사람도 있었다. 그래서 한때는 알아서 피해가라고 프로필에 한국인이라고 적어두었다. 어느 날 난데없는 메시지를 받고서는 바로 지우긴 했지만.

"일본은 침몰선을 구조하는 데 지원을 보내려 했는데 한국에서 거절했습니다. 한국은 과거뿐 아니라 미래를 봐야 합니다."

이 사람에게는 TV에서 떠드는 말을 곧이곧대로 믿지 말고 전후사정을 찾아보라고, 당신의 행동이 얼마나 무례한지 생각해보라고 일침을 놓았다. 그후로 국적을 먼저 밝히는 일은 없었다. 구태여 공격받을 빌미를 제공할 필요는 없다고 생각했기 때문이다.

한국인이라는 걸 드러내지 않았던 이유는 하나 더 있었다. 내가 한국인임을 알고 말을 건 사람들은 대부분 "일본어 잘하네요"라고 인사를 보냈다. 프로필 고작 몇 줄 읽은 게 전부인 사람들에게서 일본어를 잘한다는 소리를 듣기 거북했을뿐더러 '한국인 대답봇'을 기대하는 사람이 많았다. 한국은 어때? 한국도 이거 있어? 앵무새처럼 '한국'만 반복하는 사람들.

벚꽃에 반응한 그 남자는 라인으로 넘어오고도 자기 이야기를 솔직하게 털어놓았다. 답장에 머뭇거림이 없고 내가 던지는 말에 바로 자기 말을 던졌다. 나를 신뢰하는 건지, 한가한 건지는 알 수 없지만 그가 대화를 즐거워하고 있음은 틀림없었다. 그런 사람에게 사실을 숨기는 것은 불공평했다. 캐치볼을 하자고 해놓고 나만 몰래 피칭머신을 써서 공을 던지는 기분이랄까.

하지만 내가 한국인이라고 밝히는 순간, 채팅이 종료될까봐 두려웠다. 그가 한국에 반감을 가지고 있을 수도 있고, 외국인임을 숨긴 채 연락을 이어간 나를 더이상 믿지 못할 수도 있다. 그러면서도 서울 출신이라고 말하면 어떤 반응을 보일지 궁금했다. 결국 언젠가는 밝혀질 일이라 생각하며 "눈치챘을 수도 있겠지만 나 사실 일본인 아니야"라 고백했다.

그동안 내 곁을 스쳐지나간 일본인들은 나를 신기해했다. 억양은 딱딱하지만 소통에 어려움이 전혀 없었기 때문이다. 그럼에도 나를 구성하는 수많은 아이덴티티 중 무엇도 '한국인'을 뛰어넘지 못했다. 외국인인데 대단하다며 과도하게 추켜세우는 시선과 얕잡아보는 시선, 두려워하는 시선 사이의 애매한 눈빛을 보냈다. 상대방은 한국인에 가려진 내 본모습을 보려 하지 않았다. 그 탓에 보통의 관계를 맺기 어려웠고 자연스레 나는 '열외인간'이 되었다. 무미건조한 인간관계 속에서 이방인으로서의 서럽고 외로운 기분을 떨쳐낼 수 없었다.

내 고백에 그가 어떻게 반응할까, 머릿속에 수많은 가능성을 떠올리며 초조하게 답장을 기다리는데 그가 혹시 재일교포(在日, 자이니치)냐고 물었다. 본인이 교포거나 교포 지인이 있거나 웹사이트에 '자이니치는 조선으로 돌아가라'라고 쓰는 우익이 아니고서야 그 단어를 쉽게 떠올리지 않을 텐데. 묘한 기시감이 들었다. 한국에서 나고 자랐다고 말하자 그는 곧바로 "그렇구나そうなんだ"라는 메시지를 보냈다. 일본인의 맞장구는 버튼만 누르면 자동으로 나오는 것이다. 그가 진심으로 '그렇구나' 하고 반응했을 수도 있지만, 이대로 대화를 줄이겠다는 태세에 들어간 것일 수도 있다. 토끼가 고개를 끄덕이는 이모티콘으로 조심스럽게 그에게 답장했다. 잠시 후 그는 대뜸 사진 한 장을 보냈다. 단잠에 빠진 강아지 사진이었다. 귀

여운 우리집 강아지란다. 나의 고백을 '그렇구나' 한마디로 정리해놓고 갑자기 강아지를 자랑하다니. 살짝 무례해 보였지만 내가 외국인이라는 사실이 그에게 그리 중요치 않은 것 같았다. 그 생각에 마음이 편해져서 한국 본가에도 같은 종의 강아지가 다섯 마리나 있다고, 지금은 여건이 되지 않지만 가족이 생기면 일본에 데려오고 싶다고 말했다.

"그럼 다음 달에 결혼할까? 강아지두 길러야 하니까."

그 말에 심장이 쿵 하고 설레지는 않았다. 오히려 나이가 삼십대 중후반인데도 가정을 꾸리지 않은 사람들끼리 자조 섞인 농담을 나누는 것이 재밌었다. 한번 꺼냈던 농담 소재를 다시 가져오는 스타일도 싫지 않았다. 무엇보다도 이 종잡을 수 없는 대화에서 나는 철창 속 '영장목 〉사람과 〉한국인'이 아닌 있는 그대로의 '나'였다. 사람 대 사람으로 캐치볼을 주고받기를 절실히 바랐던 소망이 이제야 이뤄지는 심정이었다. 아무렇지 않게 다음 대화로 넘어가는 그 흐름에 위로받고 있을 때 그는 또 메시지를 보냈다.

"안 졸리면 전화해보지 않을래요?"

그때 내 얼굴에는 마스크팩이 붙어 있었고 눈은 드라마 〈빈센조〉의 송중기를 좇고 있었다. 점점 흥미로워지는 주조연 캐릭터들의 관계에 빠져 있을 때, TV 옆에 있는 거울에 시선이 닿았다. 거울 속 내 모습은 말 그대로 처참했다. 금토일 중 이틀은 술만 진탕 마셨으니 당연한 결과다. 차마 그 얼굴로 출근할 수는 없다는 생각에 급하게 마스크팩을 붙인 참이었다.

연락을 뜨문뜨문 이어가는 일본인들과 달리 그는 성질이 급했다. 갑자기 전화라니 오늘은 이쯤에서 끊는 게 좋겠다. 팩도 아직 축축할뿐더러 황금 같은 일요일에 드라마를 미루면서까지 어색함을 맛보고 싶지 않았다. 게다가 나는 유대감이 형성되지 않은 사람과 '한번 가볍게 해보는 전화'를 좋아하지 않는다. 시간을 두고 보낼 수 있는 메시지와 달리, 전화는 시간을 통째로 붙잡혀야 하기 때문이다. 회사원에게 시간을 어떻게 쓰느냐는 중요한 문제다. 자칫하면 내 삶은 사라지고 일만 남아 돈 버는 기계가 되어버리기 때문이다. 그리고 혹여나 그가 먼저 전화하자 해놓고서 막상 통화가 연결되면 본인은 입을 꾹 다물고 내 말만 하염없이 기다리진 않을까 걱정됐다. 그런 전화를 몇 번 겪어봤는데, 그때마다 나는 침묵이 고통스러워서 계속 새로운 화제를 던지며 대화를 유도했다. 하지만 외향적인 성격은 아니라 그런 전화를 끊자마자 기력이 쭉 빠져나갔다. 외국인인 내가 왜 어설픈 일본어로 MC까지 맡아야 했을까, 갑자기 할일이 생겼다고 끊을걸 후회도 많이 했었다.

하지만 이날 내 머리가 어떻게 됐거나 보이지 않는 손이 사고를 마비시켜 나를 조종하고 있던 게 분명하다. 메시지에서 전화로 넘어가지 않을 이유가 이렇게나 많은데, 무의식적으로 내 손은 "마스크팩 떼고 올 테니 기다려줘"라는 답신을 보내고 있었다. 붙인 지 얼마 안 된 팩, 흥미진진한 드라마, 잘생긴 송중기를 호기심이 모두 이겨버렸다. 충동에 이끌리는 스스로에게 한숨을 내쉬고 있는데, 그는 수건을 뒤집어쓴 모습이라도 상상했는지 여태껏 얼굴을 틀어막은 채 문자했던 거냐며 화면에 'www*'를 연신 띄웠다.

아까운 팩을 떼어 목과 팔에 벅벅 문지르고 남은 한 방울까지 쥐어짜냈다. 전화할 준비가 되었다고 말하기가 무섭게 라인 벨소리가 울렸다. 통화 버튼을 누르자 생각보다 낮고 차분한 목소리가 들렸다. 핸드폰 너머로 몇 번 캐치볼을 주고받아보니 그는 에너지를 앗아가는 부류는 아니었다. 오히려 잘 모르는 한국인과 전화하는 상황이 이상하다는 것을 자각했는지 목소리에 웃음기가 섞여 있었다. 웃기냐, 나도 웃기다.

어느새 한 시간 반이 훌쩍 지나 있었다. 통화 내내 그는 한

---

* 한국의 'ㅋㅋㅋ'과 같은 표현.

번도 한국에 대해 묻지 않았다. 억지로 노력하지 않아도 대화는 물 흐르듯 흘러갔다. 캐치볼 통화는 다음 날, 그다음 날에도 자연스럽게 계속되었다. 별다른 약속도 잡지 않았는데 퇴근 후 샤워를 하고 식사를 마치면 핸드폰을 찾았다. 일면식도 없는 사람이라 오히려 마음을 터놓을 수 있었다. 접점이 없던 시간을 메우기라도 하듯 살아온 이야기를 나누기엔 시간이 너무나도 짧게 느껴졌다. 아무런 거리낌 없이 내 일상과 생각을 꺼낸 건 실로 오랜만이었다.

일주일 내내 이어지는 연락에 문득 이런 예감이 들었다. 나 이 사람이랑 만날 수도 있겠구나.

랜선친구

코로나가 조금 잦아들어 한숨 돌리려는 찰나에 새로 부임한 상사는 독단적이고 편협하기로 정평이 나 있었다.

한번은 취업 지도 자료를 만들고 있는데 그가 자기 자리에서 모기만한 목소리로 속삭였다. 그의 시선이 느껴져 혹시 뭔가 말씀하셨느냐 물었더니 그가 방금 했던 말을 되풀이했다. 아주 느릿느릿하게. 한국말로 쓰면 이런 말투였다.

"회에으이 주운비느은 다아 끄읏났스읍니까아?"

어린아이에게도 안 할 법한 말투에 얼굴이 화끈거렸다. 외국인이라 해도 일본에서 10년째 밥벌이하는 부하에게 할 언

사는 아니었다. 때로는 혼잣말하는 척 나를 빈정거리고, 때로는 논의가 다 끝난 사안에 대해서도 장시간 설교를 늘어놓았다. 반항한 적도 없는 사람을 굴복시키고 싶다는 의도가 빤히 보였다. 그에게 나는 '일본어로 내린 지시를 어디까지 이해했는지 알 수 없어 불안하고, 혹시나 한국에서 반일 교육을 받았을지도 모르는 위험인물'이었을까.

일에 쏟은 열정이 무시로 돌아오자 출근길은 한없이 무거워졌다. 유학생의 꿈을 실현하는 데 일조하고 있다는 자부심은 저 멀리 사라지고, 일은 나를 괴롭히는 족쇄로만 느껴졌다. 아무 계획도 없이 취업 방법만 되묻는 학생에게 '나도 어떻게 살아야 할지 모르겠는데 왜 너의 인생까지 내가 고민해줘야 하냐'며 자리를 박차고 일어나고 싶은 적도 있었다.

벚꽃으로 이어진 그 남자와 주고받는 전화와 메시지가 유일한 위안이었다. 하루하루의 희로애락을 공유하고 마음을 위로해주는 상대가 있음에 감사했다. 그러나 한편으로는 불안했다. '랜선친구'에 불과한 사람에게 이렇게나 기대어도 되는 걸까. 불쑥 튀어나오는 연애 감정, 이 나이에 그런 기분을 느껴서 무엇 하나 싶었다.

복잡한 머릿속을 비우려 정처 없이 거리를 걷고 술을 들이부었다. 그에게 아무런 연락을 하지 않았는데도 그는 "괜찮아? 무슨 일 없지?" 하고 물으며 끈기 있게 나를 기다렸다. 그런 사람에게 어떻게 마음이 기울지 않을 수 있을까. 그의 진짜 모습은 어떨까. 얼굴이 보고 싶었다.

궁금함에 못 이겨 그에게 사진을 보여달라고 했다. 처음엔 보낼 만한 사진이 없다고 잡아떼더니 서로 사진을 맞교환하는 것을 조건으로 걸고 나서야 마지못해 사진을 보내왔다. 방금 막 씻어서 머리가 이상하다는 말과 함께. 그의 모습은 상상 속 이미지와 상당히 달랐다. 곱슬머리가 부러워서 해봤다는 파마는 왜 그리 보글보글 말아놓은 건지 품위라고는 찾아볼 수 없었고, 따뜻함이 묻어나는 목소리와 달리 힘을 준 눈매는 날카로워 보였다. 하지만 무엇보다 인중에서 윗입술선으로 내려오는 흉터에 놀랐다. 내 취향인 목소리에 기대감이 한껏 부풀어올라 있던 걸까. 솔직히 실망스러웠다. 그때 그가 내 사진을 재촉했다. 환상을 깨고 싶지 않은 마음에 얼굴 윤곽만 나 같은 사진을 보냈다. 어차피 만날 일도 없을 테니 상관없겠지.

그런데 그가 다음 주 토요일에 만나자고 한다. 이차원 사진과 다른 삼차원의 나에게 당황하진 않을까. 매일 거리낌 없이 연락하는 친구가 있다는 사실만으로도 충분한데 굳이 서로를 드러내야 할까. 만나서 할 마땅한 계획이라도 있냐고 퉁명스레 묻는 내게 그는 "그냥 밥 먹고 이야기하고……"라고 답했다. 여느 연인들의 평범한 데이트 코스일 뿐 별로 대단한 계획도 없었다. 그는 지금 우리가 일주일 내내 이야기를 나누고 있는데 실제로 어떤 사람인지 궁금하지 않느냐고 되레 질문했다. 손바닥만한 세상 밖으로 나가면 우리 관계가 달라질까봐, 내 곁을 스쳐지나간 사람들처럼 이 사이도 흐트러질까봐 두려웠다. 한국인이라는 껍데기 속 '나'라는 알맹이를 봐주길 바라면서, 이상과 다른 그의 모습에 흔들리는 스스로가 속물 같아 견딜 수도 없었다.

좋지 않은 결말부터 가정하는 사고는 오랜 습관이었다. 평일에는 일을 중심으로 굴러가고 휴일에는 회사에서 겪은 상황을 끊임없이 돌이키는 삶. 최악의 상황에 대비해놓아야 일상이라도 지킬 수 있다는 생각에 자연스레 사고 회로가 비관적으로 돌아갔다. 술로나마 울분을 가라앉히고 현실을 잊어보려 했다. 제삼자가 보기에는 한심한 나날들, 인생의 다음 단계로 넘어가지 못하는 정체 구간, 내가 서른 후반에 받은 성적표였다.

"만나면 우리 관계가 변할까?"

"좋은 방향으로 변하지 않을까. 그날 한번 손잡고 걸어볼래?"

웃음이 묻어나는 목소리와 괜한 허세를 부리지 않는 겸허함. 그런 사람과 한 점에서 만나 일직선을 함께 그어가는 시간. 매일 핸드폰 너머로 들려올 소리만 기다렸으면서 그에게 효감을 품었다는 사실은 인정하고 싶지 않았다. 동시에 관계를 확실히 하고 싶다는 마음이 공존했다. 재미라곤 개미 눈곱만치도 없는 일상에 이벤트가 들이닥쳤다고 생각하며 가볍게 만나보면 어떨까? 그날로 사이가 정리된다면 속앓이야 하겠지만 더는 이 오묘한 기분을 느끼지 않아도 된다. 시간이 지나면 일상도 차츰 제자리로 돌아갈 테고. 꼬리에 꼬리를 물고 이어지던 고민의 답은 하나였다. 그렇게 우리는 4월 10일 아카바네역에서 만났고 온기를 주고받았다.

처음

집을 보여준 날

일본에서 처음 집을 구할 때 부동산 중개사가 말했다.

"여자분 혼자면 이만한 곳도 없죠. 역과 슈퍼도 가깝고, 큰 길이라 안전하고요. 좁긴 하지만 평일엔 잠만 주무실 테니 괜찮은 집이에요."

그곳 말고는 마땅한 매물이 없어 얼른 계약했다. 살아보며 깨달은 것이지만, 중개사가 말한 장점은 모두 집 밖에 있었고 집은 침대 하나 놓으면 꽉 찰 정도였다. 조금만 어질러도 금세 쓰레기장이 되어버렸다. 그 답답함에 질려 도쿄에서 한 시간가량 떨어진 베드타운으로 이사했다가 2년 만에 다시 도쿄로 돌아왔다. 막차를 몇 번 놓쳐보니 늦은 밤에도 집에 갈 수 있는 대도시가 그리워졌기 때문이다. 그렇게 만난 세번째 집은 여전히 비좁았지만 미닫이문을 닫으면 공간이 나뉘었다. 욕실과 분리된 보송보송한 화장실, 새하얀 싱크대, 분위기 있는 조명이 달린 집. 미세하게나마 삶의 질이 올라갔고 한 걸음 나아갔다는 기분에 긍지가 차올랐다. 일에 지쳐 집안일을 할 기력조차 없어 금세 지저분해지긴 했지만.

토요일 아침, 2주 동안 방치했던 돼지우리를 치웠다. 더는 내버려둘 수 없는 지경에 이르렀기 때문이다. 시간과 체력이 많이 소요될 걸 예상하고 아침 일찍부터 움직였다. 청소를 마치고 콧노래를 부르며 콘택트렌즈를 끼는데 오늘따라 눈이 렌즈를 뱉어댔다. 그사이 화장이 스멀스멀 번져서 아이섀도까지 덧발라야 했다. 수정하는 데 정신이 팔려 정작 가장 중요한 단계를 빼먹었다. 눈화장의 핵심, 속눈썹을 까맣게 잊고 있었다.

연애 초반이니 남자친구에게 좋은 모습만 보여주고 싶었다. 출근할 때는 마스크에 다 가려지니 눈썹만 그리면서 그와의 약속에 나갈 때는 늘 화장에 공을 들였다. 속눈썹을 붙이려는데 그에게서 빨리 도착할 것 같다는 라인이 왔다. 아무래도 그가 한참 기다려야 할 듯해서 아직 준비 중이라고, 괜찮으면 우리집에서 낮술이라도 마시면서 드라마를 보자고 답장했다. 어떻게든 시간을 벌어보려는 나름의 작전이었다. 20일 연속으로 외출하느라 지치기도 했었고. 그는 별 고민 없이 받아들였다. 집에 대접할 거리가 하나도 없어서 일단 마트에서 만나같이 장을 보기로 했다.

시간이 다 되어 맨션 현관문을 열었는데 난데없이 그가 눈앞에 서 있었다. 동네를 구경하며 느긋하게 걷다보니 집까지오게 되었단다. 그제야 그를 집으로 불렀다는 것을 실감했다. 우선 그를 데리고 마트로 향했다. 집으로 같이 돌아가는 길, 평소라면 양손 가득 비닐봉지를 들고 낑낑대며 언덕을 올랐을 텐데, 짐을 들어주는 사람이 있으니 발걸음도 덩달아 가벼워졌다. 엘리베이터를 기다리는 사이, 그는 호기심어린 눈으로 여기저기를 둘러보았다. 번지르르한 타일과 눈부신 조명으로 장식된 맨션 현관처럼 우리집도 화려하겠거니 기대하려나. 현관문을 열면 갖가지 물건으로 가득찬 광경이 펼쳐질 텐데…… 괜히 일을 키웠나 싶었다.

예전보다 형편이 나아졌다 해도 객관적으로 보면 자가를 마련할 나이에 해도 잘 안 들어오는 여섯 평 월세방에서 허덕이는 나. 예쁜 장식품이나 가구도 없이 백 엔짜리 용품으로 버티는 우리집은 일본 땅에 뿌리내리지 못하고 별다른 인생 계획도 없는 나의 불안정한 생활상을 적나라하게 드러냈다. 굳이 타인에게 보여주고 싶지 않은 모습이었다. 이런 사람을 그는 어떻게 바라볼까 걱정되었다.

　머뭇거리며 현관문을 열었다. 신발들로 현관이 꽉 차 있어서 허겁지겁 발로 신발을 밀어 공간을 만들었다. 괜히 머쓱해져 "어서 오시죠, 나의 아지트에" 하고 우스갯소리를 던졌다. 그는 "실례합니다" 인사하고는 신발코가 현관문을 향하도록 신발을 가지런히 벗고 집으로 들어왔다. 소파에 그를 앉히고 비닐봉지에서 사온 것들을 꺼냈다. 빨래를 미리 베란다로 내쫓아둔 덕에 집이 약간 넓어졌다. 생활감 넘치는 집과 소파에 앉아 있는 남자친구, 마치 잡지를 막 오려서 만든 콜라주처럼 어색했다. 숨막힐 것 같은 긴장감에 허겁지겁 회를 썰고 술상을 내놓았다. 회를 씹는지 민망함을 씹는지 모르겠는 기분에 처음 와보는 동네는 어땠는지, 멀리서 오느라 힘들지 않았는지 뻔한 질문들을 그에게 계속 던졌다. 좀처럼 사그라들지 않는 부자연스러움에 다시는 집에 그를 데려오지 않겠다고 다짐했다.

　결심은 일주일도 채 지나지 않아 깨졌다. 코로나 정책이 계속 바뀌면서 외출에 제약이 많아졌을뿐더러 어수선한 집을 보여주는 데 더이상 거리낄 것도 없었기 때문이다. 게다가 그는 우리 동네를 마음에 들어했다. 오리들이 떠다니는 호수공원, 아담한 슈퍼, 작은 음식점들이 띄엄띄엄 있는 동네에서 여유로움과 소박함이 느껴진다고 했다. 아침마다 시간에 쫓기느라 그냥 지나쳤던 거리였는데, 나는 미처 느껴보지 못했던 우리 동네에 대한 그의 감상 덕분에 익숙한 동네가 새롭게 다가왔다. 그동안 이 나이에 이 정도 집에서밖에 살지 못한다고 생각했건만, 이제는 이 정도 집에서 사는 삶이 만족스럽게 느껴졌다. 현관문을 열면 아기자기한 거리가 펼쳐지고, 돌아올 보금자리가 있고, 나만의 공간에서 누군가와 시간을 보낼 수 있는 삶이었다. 우리 동네에, 우리집에 그가 들어오는 시간을 기다렸다. 그와의 추억이 동네 곳곳에 스며들기 시작했다. 그렇게 그는 나의 일상에 슬며시 녹아들었다.

진짜 나를 찾아서

직업 만족도는 꽤 높았다. 후배 유학생들의 꿈을 지원하는 일에 큰 보람을 느꼈다. 종종 무례하게 구는 학생도 있었지만 '버리는 신神이 있으면 줍는 신도 있다*'는 일본속담처럼 내게 힘내라는 메일을 보내거나 사회인이 된 후에도 휴가를 내서 나를 찾아오는 학생도 있었다. 그때마다 '인생 헛살지 않았구나' 하는 안도감이 들었다.

---

* 세상에는 나를 도와주지 않는 사람도 있지만, 반대로 나를 도와주는 사람도 있다는 뜻이다. 곤란한 일을 겪을 때 너무 걱정하지 말라는 격언으로 자주 쓰인다.

그런데 어느새 숨이 턱 끝까지 차올라 있었다. 반복되는 일상과 줄어들지 않는 업무에 짓눌려 있던 것 같다. 한계점에 다다른 어느 날, 모레까지 서류를 제출해야 하는데 어떻게 하느냐는 학생에게 휘둘리느라 퇴근시간이 다 되어서야 자리로 돌아왔다. 멈춰 있는 모니터를 보니 한숨이 새어 나왔다. 그날 마무리하려 했던 업무를 제대로 시작하지도 못한 채 하루가 끝나버렸다.

"이제까지 면담하신 거죠? 수고 많으셨어요."

옆자리 M상이 나를 위로해주었다. 실수는 잦아도 좋은 팀원이었는데 지난해 여름부터 그녀와의 관계가 사뭇 달라졌다. 그녀는 유연근무제를 이용해 평일에 한두 번씩 휴가를 내서 연인과 데이트를 즐기고 주말에 출근했다. 그러면서 내가 업무를 대신 처리하거나 팀 전체 일정이 미뤄지는 경우가 종종 발생했다. 상사는 업무에 공백만 없으면 된다고 생각했는지 별다른 조치를 취하지 않았다. M상은 휴가 다음 날마다 감사하다며 내게 머리를 숙였지만 반복되는 상황에 그 말을 곧이곧대로 받아들일 수 없었다. 하지만 어찌 보면 그녀는 워라밸을 지키며 일하는 셈이었다.

반면에 나는 워커홀릭이었다. 집에 빨리 가봤자 딱히 할일도 없고 손에 들어온 업무는 빨리 끝내고 싶었다. 그래서 돈이 되지 않는 시간에도 스스로를 공짜에 팔며 성실히 일했다. 나의 열정이고 노력이라 여기며 사회인으로서의 자아만 점점 키워나갔다. 나는 왜 내 회사도 아닌 곳에서 일에 매달리며 여유로운 삶을 포기하려 했을까.

남자친구를 만나고 나서야 '사회인으로서의 나'에 억눌린 나를 지시하게 되었다. 저철에서 발을 밟히고 욕설을 읊조리는 나. 겉은 어른인 척하지만 속은 여전히 중학생에 머물러 있는 나. 신이 나면 두 팔을 흐느적거리며 춤을 추는 나. 사람들 앞에 꺼내놓으면 안 된다고 여겼던 모습들이 조금씩 튀어나오기 시작했다. 살아가는 데 불필요하다고 여겼던 '나'는 연인 관계에서 가장 필요한 자아였다. 그는 나의 본모습에도 아낌없이 애정을 쏟아주었다. 늘 나를 포기해야만 얻을 수 있던 사랑이 나 자체로 있어도 손에 들어오다니.

잔업 때문에 제때 퇴근하지 못하던 내가 시계가 오후 다섯 시를 가리키면 칼같이 퇴근을 하게 되었다. 온종일 입고 있던 딱딱하고 강한 옷을 벗어던지고 진짜 나로 돌아가고 싶었다. 워커홀릭 자아를 털어내는 과정에서 그는 내게 일절 충고하지 않았다. 그저 내 이야기에 귀를 기울이고 내가 하고 싶어하는 대로 내버려두었다.

벚나무가 무성한 신록으로 뒤덮인 지금, 나는 닛포리역 앞에 서 있다. 그동안 내 자취방 근처에서만 데이트를 했으니 간만에 다른 곳에서 볕을 쬐기로 했다. 산책하기 좋은 계절이니 내가 예전에 살았던 거리를 함께 걸으며 추억을 공유하고 싶었다.

출구를 착각해 반대쪽으로 나갔다는 그를 기다리며 발을 내려다보았다. 긴 연분홍빛 플리츠스커트팬츠와 굽 없는 스트랩뮬. 이런 차림은 오랜만이라 인터넷에서 살 때도, 몸에 걸치고 나올 때도 약간의 용기가 필요했다. 하늘하늘한 천이 어색했고 왠지 다소곳해져야 할 기분이었지만 평소의 옷차림에서 벗어났다는 느낌에 해방감이 들었다.

저 멀리서 털레털레 걸어오는 그를 발견하고는 크게 손을 흔들었는데 나를 못 알아봤다. 바로 코앞에 올 때까지 그는 전혀 눈치채지 못했다. 낯선 행색에 적잖이 당황했는지 마스크 위로 보이는 눈에 놀란 기색이 역력했다. 그의 반응에 덩달아 부끄러워져 팔짱을 끼고 앞으로 이끌었다. 내 팔에 이끌려 한참 언덕을 오르던 중 그가 오늘 예쁘다고 속삭였다. 얼굴에 열이 확 올라왔지만 아무렇지 않은 척 시선을 피했다. 스스로도 낯선 내 모습에, 나를 바라보는 그의 눈빛에 볼이 간지러웠다.

사람이 사람을 만나며 얻는 것은 단순한 감정뿐만이 아니었다. 나라는 사람 자체를 뒤흔드는 엄청난 에너지였다. 그 에너지는 '나다운 나'로 향하는 나침반을 손에 쥐여주었다. 내가 일에 매몰될 기미가 보일 때마다 나침반은 중심을 잡을 수 있도록 방향을 가리켜주었다. 그 길의 끝에 나를 온전히 품어주는 그가 서 있었다. 내가 본모습을 되찾고 나로서의 삶을 살아갈 수 있도록 그가 서서히 나를 끌어당겼다.

뜻밖의 프러포즈

소심하고 융통성 없는 나에게 일본은 꽤 괜찮은 선택지였다. 일본사람들은 상대에게 미움받지 않도록 조심하고 매뉴얼대로 행동하는 편이기 때문이다. 외국인이다보니 가끔씩 복장이 터질 일도 생겼지만 '일본인보다 더 일본인 같다'는 소리를 들을 정도로 일본생활은 나에게 잘 맞았다.

그런데 이직과 동시에 상황은 180도 달라졌다. 거창한 기업 이념과 달리 구성원은 형편없었고 상대가 본인보다 센지 약한지 머릿속에서 계산기를 두드리는 소리가 훤히 들렸다. 좋은 동료보다는 위선적이고 강약약강의 대표격인 사람들이 많았다. 잠자코 원하는 대로 해줬더니 눈에 띄게 상냥해진 상사가 알고 보니 새파랗게 어린 직원에게 나를 잘 활용해보라며 뒤에서 호박씨나 까고 있었달까?

좋은 사람은 지쳐서 회사를 떠났거나 퇴사를 계획하고 있었고, 그 외의 사람들은 일을 안 할 궁리만 하고 앉아 있었다. 월급쟁이가 적게 일하고 많이 벌길 원하는 것이야 당연하지만, 상급자들은 하나같이 본인만 잘 먹고 잘 살려고 타인의 성과를 자기 것인 척하며 자리를 지켰다. 지금껏 일에 대한 자부심 하나만을 바라보며 참아왔는데, 나의 능력을 헐값에 팔아넘기는 기분이 들 지경이었다. 회사를 떠올리면 화가 치밀어 올랐고, 길거리에서 동료 이름에 들어간 한자라도 보면 무의식적으로 주먹을 쥐었다.

비단 이 회사만 문제일까. 괴롭힘의 강도만 달라질 뿐 이직은 궁극적인 해결 방안이 아닌 것 같았다. 이때부터 진지하게 귀국을 염두에 두었다. 맨땅에 헤딩하듯 다시 시작해야 한다는 게 두려웠지만 똑같이 고생한다면 차라리 내 나라에서 고생하고 싶었다. "나는 외국인을 차별하지는 않고 다만 구별한다"라며 헛소리를 나불대는 상사, 일을 방해하는 동료, 자기가 잘못해놓고 되레 큰소리치는 선배를 견디는 것보단 나아 보였다. 남자친구와 시간을 보내며 부정적인 감정을 가라앉히긴 했지만, 사내 부조리 때문에 받는 스트레스는 점점 몸집을 불려갔다.

도쿄 올림픽 개최와 함께 감정은 극에 달했다. 한국과 일본 모두 올림픽 축구경기가 있던 날, 인사치레로 동료 U상에게 말을 건넸다.

"오늘 한국과 일본 둘 다 잘해서 더 위에서 만났으면 좋겠네요."

"한국은 어려울걸요."

그와 잘 지내보려고 웃으며 이야기했건만, 돌아오는 건 한쪽 입꼬리를 올리며 말하는 얼굴이었다. 지난번 일이 그에게 앙금으로 남은 걸까. 내가 자리를 비운 사이, U상이 내 업무를 멋대로 처리해놓은 적이 있었다. 업무에 지장이 생기니 다음부터는 그러지 말아달라고 U상에게 말해두었는데, 그게 꽤나 신경을 거슬렀던 모양이다. 뒤끝이 긴 성격인지 올림픽경기에서 한국이 질 때마다 U상은 내 앞에서 그 경기에 대해 이러쿵저러쿵 떠들며 빈정거리기 일쑤였다.

U상과 의미 없는 기싸움을 이어가던 중 야구 한일전이 열렸다. 한국에 있었으면 가족과 치킨 닭다리를 뜯으며 TV를 보았을 텐데, 타지에서 혼자 보려니 영 적적했다. 그래서 남자친

구에게 전화를 걸어 같이 경기를 관람했다. 그런데 상대를 잘못 골라도 한참을 잘못 골랐다. 나와 그의 감정은 완전한 대척점 위에 있었다. 한국이 출루하면 내가 소리치고, 일본이 안타를 치면 그가 환호성을 질렀다. 반대로 나는 일본의 아웃에, 그는 한국의 아웃에 기뻐했다. 쉴새없이 엇갈리던 감정들이 잦아들 때쯤 경기가 끝났다. 한국의 패배였다. 승리는 고사하고 우리 사이의 거리감이 느껴져서 얼른 전화를 끊었다. 나라가 다른 우리가 서로를 온전히 보듬을 수 있을까, 의문이 들었다. 이카호 여행 때 싸운 이후, 그를 '일본인'이 아니라 '그저 나와 다른 사람'이라고 생각하기로 했던 마음이 무너지기 일보 직전이었다. 사회나 회사에서는 그렇다 치고 체념해도, 정서적 지지가 되어주는 애인과도 한국인과 일본인으로 나뉘는 걸 보니, 이곳에서 삶의 터전을 갖고 사는 것 자체에 자신이 없어졌다.

모두와 반대로 흘러가는 감정선에서 느끼는 고립도, 자기들끼리는 잘 지키는 배려의 선이 내게는 쉽게 무너지는 것도 괴로웠다. 시간이 지나면 괜찮아진다는 말은 순 거짓이었다. 직장 스트레스 검사에서 2년 연속으로 위험등급이 나왔는데, 시간이 해결해주기는 개뿔. 1년 정도 휴직하는 방법도 있었지만 '절이 싫으면 중이 떠나라'는 속담처럼 내가 떠나면 해결될 문제 같았다.

감정이 쌓이고 쌓여 결국 영구귀국을 고려하게 되었다. 일본에 언제까지 있고 싶냐는 면접관의 질문에 "뼈를 묻을 때까지요"라고 해맑게 대답하던 나는 온데간데없이 사라졌다. 혼자였다면 훌쩍 돌아갔겠지만 지금 내 곁엔 남자친구가 있었다. 여기서도 일주일에 한 번밖에 못 만나는데 귀국하면 떨어져 있는 기간은 더 길어진다. 눈에서 멀어지면 마음에서도 멀어진다고 하니 이쯤에서 웃으며 남자친구의 손을 놓아주는 것도 아름다운 결말일지도 모른다.

며칠을 끙끙 앓다가 그에게 속내를 털어놓았다. 그는 내가 좋아하던 일본생활에 진저리를 치게 된 것을 안타까워하면서 직장을 계속 다니다가 몸과 정신이 상하진 않을까 염려했다. '참 그다운 반응이네' 하며 중얼거리는데 그가 한마디를 덧붙였다.

"우리 결혼할까?"

그는 연애 초반부터 결혼을 자주 언급했다. 처음에는 주변 사람들은 다 결혼하고 아이를 키우는데 우리만 아직 제자리에 정체되어 있다는 사실을 농담삼아 말했다. 그러나 그는 언젠가부터 우리의 다음을 상상했다. 종종 '우리가 결혼하면'이라는 말로 운을 띄우며 꿈같은 이야기를 펼쳤고, 사는 곳이 제법 떨어져 있어서 주말 하루밖에 못 만나는 것에 크게 아쉬워했다.

그의 마음은 애당초 눈치채고 있었지만 이 타이밍에 프러포즈를 들을 줄은 예상치도 못했다. 종종 '내가 만약 결혼한다면 이 사람이겠구나'라고 생각은 했지만 결혼을 진지하게 고민해본 적 없었기에 적잖이 당황스러웠다. 우선은 청혼을 받았으니 그의 이야기를 더 들어보자는 결론을 내렸다.

"혹시 내가 일본을 떠날까봐 붙잡으려고 한번 해보는 소리인 거야?"

"그럴 리 없잖아. 넓고 햇볕이 잘 드는 집에서 너와 함께 커피를 마시며 웃고 떠드는 일상을 꿈꾸곤 했어. 다만 결혼하려면 고려할 사항이 많으니까 좀더 준비된 후에 청혼하려고 했지. 그런데 네가 귀국을 고심하고 있다는 말에 생각이 바로 정리됐어. 평생 네 곁에 머물고 싶어."

그의 대답에 나는 현실적인 고민을 털어놓았다. 결혼하려면 둘 중 한 명, 혹은 두 명 모두 이직해야 할 수도 있다고. 그러자 그는 결혼 후 당분간은 검소하게 살아야 할지도 모르지만 자기가 어떻게든 해결하겠다고 대답했다. "참이슬은 사흘에 한 번으로 줄어들기야 하겠지만……"이라고 살짝 말을 흐리

긴 했다.

그의 고백에는 특별함이 없었다. 매끄럽지 않은 말은 꼼수를 부리지 않고 착실히 살아가는 그와 닮아 있었다. 그래서 그의 진심이 더 와닿았다. 참이슬은 맘껏 마시지 못할 수도 있지만, 그와 함께라면 갑작스러운 변수도 이겨낼 수 있을 것 같았다. 결혼은 현실이라고, 사랑만으로 할 순 없다고 하지만 나를 이만큼 아껴주는 사람을 놓치는 건 인생 최대의 손해일 것이다. 무엇보다 나는 그와 헤어질 자신이 없었다. 그가 내민 따뜻한 손을 꼬옥 잡았다.

광대 근성

"안녕! 내 이름은……"

태어난 곳은 서울, 출신 초등학교는 네 곳. 어렸을 적 부모님을 따라 지방을 전전하며 전학을 다녔다. 다행히 나는 하루 아침에 바뀌는 환경에 잘 적응했다. 또래보다 말도 곧잘 하고 겁도 없어서 자기소개로 새로운 친구들을 웃기곤 했다. 순박한 시골 아이들은 시원시원한 전학생을 금세 친구로 끼워주었다. 그때의 어린 초등학생은 '사람들은 적극적이고 재미있는 사람을 좋아한다'는 사실을 본능적으로 깨달았다.

그러나 인생의 단맛과 쓴맛을 모두 겪으면서 누군가를 웃기다보면 우스운 사람으로 비칠 수 있다는 것을 알아차렸다. 그럼에도 먼저 나서서 분위기를 풀어야 한다는 강박에서 헤어나지 못했다. 오늘 나는 재밌었을까 아니면 우스워 보였을까, 집으로 돌아가는 지하철에서 언제나 쏠쏠함을 곱씹었지만 어색한 자리일수록 나의 광대 근성은 계속되었다. 스스로 분위기 메이커를 자처하는 내 모습이 정말 싫었지만 본성은 떼려야 뗄 수 없었다.

신정 연휴에도 문전성시를 이루고 있는 이자카야 앞, 쭈뼛쭈뼛 불편하게 줄을 서 있었다. 잠시 뒤 점원의 안내를 받아 들어간 방에는 호리고타쓰掘りごたつ＊ 테이블 두 개가 나란히 붙어 있었다. 자연스레 나와 남자친구와 그의 어머니가 왼쪽 테이블에, 그의 여동생과 남자친구와 그의 아버지가 오른쪽 테이블에 함께 앉았다. 모두가 메뉴판을 보는 척하는 어색한 공기 속에서 나는 친구의 말을 떠올리며 마음을 가다듬었다.

"그 자리에 웃기러 가는 거 아니야. 그러니까 먼저 나서지 말고 절대 웃기려 하지 마. 너는 그냥 싱글싱글 웃고만 있어."

＊ 테이블 아래 바닥을 40센티미터 정도 파서 그 아래에 다리를 편히 내려 놓을 수 있도록 만든 일본식 테이블.

남자친구의 부모님을 뵈러 간다고 하자마자 오랜 친구가 내게 신신당부했다.

예비 시부모님과의 만남을 앞두고 아들과 헤어지라며 흰 봉투를 건네고 얼굴에 물을 끼얹는 드라마 장면을 연신 떠올렸다. 실제로 그런 일이 벌어질 수도 있겠다고 생각했다. 그의 아버지가 한국을 싫어했기 때문이다. 몇 년 전부터 보기 시작한 유튜브 탓이었다. 게다가 그의 어머니에게도 내 인상이 안 좋았을 게 뻔했다.

연애 초기, 그의 동네에서 차에 탄 채로 어머니와 마주친 적이 있었다. 그저 골목에서 차 빼기를 기다리는 동네 아줌마인 줄 알았는데, 스쳐지나가고 나서야 그가 자기 엄마라고 알려줘서 미처 인사드리지 못했다. 뒤늦게라도 예의를 차리고자 그를 통해 어머니께 선물용 과자를 드리려 했지만 그가 극구 만류하는 바람에 아무것도 보내지 못했다. 게다가 뜻하지 않게 거짓말까지 해버렸다. 그의 어머니는 코로나 뉴스에 유독 알레르기반응을 보였고 그는 내가 일본의 최대 도시이자 코로나 환자가 급증하는 도쿄에 산다는 것을 어머니한테 들킬까봐 조마조마했다. 자신이 매주 도쿄에 간다는 사실을 알자마자 어머니가 현관에서 진을 칠 거라고 예상했다. 그래서 어머니가 동네에서 나를 처음 본 그날에 "그 사람은 어디 사니?"라고 물었을 때, 그는 자기 동네 근처에 산다고 둘러댔다. 그후 반년이 지나고 나서야 그가 진실을 털어놓았을 때 어머니는 대수롭지 않게 넘어갔다고 했지만, 밉보였을 거라는 불안감은 쉽게 떨어지지 않았다.

이런 배경 때문에 예비 시부모님께 인사드리는 날은 내게 면접이나 다름없었다. 가족이 되기에 합당한지 아닌지를 평가하는 면접. 게다가 0점부터 채점되는 시스템에서 나는 이미 마이너스 50점을 받아버렸다. 아들보다 나이도 많고, 예의도 없는 한국 출신 예비 며느리. 글씨가 빽빽하게 들어찬 채점표가 절로 상상됐다. 점수를 만회하기 위해 최대한 잘 보여야겠다고 마음먹었다. 일본에 생기는 나의 새로운 가족과 잘 지내보고 싶었다. 그래서 멀리까지 가서 사온 과자와 직접 그린 엽서에 쓴 손 편지를 선물로 드렸다. 밝고 친근한 미소를 보이면서. 이러니저러니 해도 웃는 얼굴에는 침 못 뱉는 법이니까.

친구의 말을 되새기며 입꼬리를 계속 올리고 있었더니 입주변 근육이 저리고 목덜미가 땀으로 축축해졌다. 나를 마주보고 앉은 어머니는 정식을 드시고, 남자친구는 내 옆에서 흐뭇한 얼굴로 맥주를 마시고, 그의 여동생은 오랜만에 만난 아버지에게 재롱을 부리고, 여동생 남자친구는 잔 빌 틈 없이 술을 따르며 호쾌하게 웃고 있었다. 나만 혼자 동떨어져 있는 기분이었다. 엄연히 결혼 인사를 드리러 온 건데 마치 가족 식사에 엉성히 껴 있는 손님 같았다. 아무도 예비 며느리가 궁금하지 않은 걸까, 내게 아무 질문도 없는 건 혹시 나를 반대한다는 사인일까. 침묵은 가시방석이 되었고 속은 바짝바짝 타들어갔다.

복잡한 머릿속을 부여잡은 지 얼마나 흘렀을까. 갑자기 아버지가 내게 고구려, 백제, 신라를 아느냐고 물었다. 아버지가 처음 내게 말을 걸었던지라 모두의 시선이 나에게 향했다. 그 관심이 반가워 활짝 웃으며 대답했다.

"한국의 옛 나라들이죠. 어떻게 삼국을 아세요?"

"역사를 좋아해서 한국 역사책도 읽고 드라마 〈왕건〉도 봤거든."

드라마 〈왕건〉을 듣자마자 '고려 왕건이 신라시대에는 장보고였고, 발해의 시조 대조영이기도 해요. 지금은 최수종이라는 이름으로 배우 활동을 하고 있죠'라고 말할까 말까 고민했다. 그 순간 "쓸데없는 소리 하지 말고 그냥 웃어" 하는 친구의 목소리가 들려왔고, 결국 적당히 맞장구를 치며 넘어갔다. 역사 이야기가 사그라들자 이내 관심은 그의 여동생에게로 옮겨갔다.

목이 타서 찔끔찔끔 마시다보니 금세 맥주가 동났다. 조용히 잔만 만지작대고 있었는데 남자친구가 눈치를 채고 소주잔을 하나 가져다주었다. 어른들 앞에서 말술을 마시는 게 살짝 껄끄러웠지만 못 이기는 척 잔을 받았다. 역시나 긴장했는지 소주를 조금씩 홀짝였는데도 얼굴이 확 풀어졌다. 취기가 돌자 미소만 지으면 안 되겠다는 생각이 들었다. 면접은 기업이 지원자를 평가하는 자리이기도 하지만, 동시에 지원자가 그곳이 다닐 만한 회사인지, 함께 일할 사람들은 어떤지 살펴보는 자리다. 그러니 면접 비슷한 이 자리는 나에게도 그들이 가족으로서 적합한지 아닌지 알아볼 기회였다. 말없이 빙긋대고 있다가는 나도, 그들도 서로를 잘 알지 못한 채 엉뚱한 결론을 내릴 것이다.

정적이 찾아온 틈을 타 그의 아버지에게 말을 걸었다.

"아버님께서 한국을 싫어하신다고 들어서 걱정했었어요."

"외교정책이 싫은 것뿐 개개인을 싫어하진 않아. 내가 그렇게 속 좁은 사람도 아니고."

아버지는 멋쩍게 웃으면서 대답했다.

"어쩐지 저 녀석이 이상하더라고. 내가 한국이 어쩌고 할 때마다 떨떠름해하면서 묘하게 한국 편을 드는 거 있지."

남자친구는 내가 한국인이라고 밝히지 못했을 때에도 아

버지가 한국에 대한 선입견을 조금 덜어내도록 물밑 작업을 해오고 있었단다. "아버지는 왜 쓸데없는 걸……"이라고 퉁명스럽게 말하는 그에게서 수줍음이 느껴졌다.

그날의 가장 대화다운 대화였다. 대단한 내용은 아니었지만 나는 가장 날것 그대로의 마음을 전했고 그들의 가장 솔직한 마음을 읽을 수 있었다. 그후 아버지는 내게 악수를 청해왔다 몇 번이고 이 녀석을 잘 부탁한다며.

집으로 돌아가는 길. 남자친구와 그의 여동생 커플과 함께 전철에 올랐다. 밝은 표정을 보이는 그들과 달리, 나는 애써 웃음을 지어 보일 뿐 머릿속은 온갖 잡념들로 복잡했다. 한국보다 건조한 일본의 가족 관계를 생각하면 오늘 만남이 나를 뽑거나 떨어뜨리는 면접이 아니었을 텐데 왜 그리 기죽어 있었을까 후회됐다. 잘 보이려고 나를 꾸미기보다는 할말도 다하고 웃겨도 보는 편이 좋은 관계를 형성하는 데 더 의미 있었을 텐데, 아쉬움만 가득했다.

설령 오늘 내 점수가 마이너스 30점에 그쳤다고 해도 그게 가족의 일원으로 합격하지 못했다는 뜻이 아니라 서로 맞춰가야 할 부분이 많다는 것을 의미할 뿐이다. 그러니 시간을 두고 그들과 맞춰나가면 된다. 결혼 상대 부모님과의 만남도 채팅 앱에서 나와 잘 맞는 사람을 찾는 과정처럼 결국은 나를 표현하고 상대를 알아가며 관계의 방향성을 같이 모색하는 단계인데, 잘 보여야 한다는 압박감에 그 사실을 완전히 잊어버렸다. 게다가 내 옆에는 남자친구가 있었다. 그에게 미리 고민을 털어놓았더라면 가족들이 나를 환영하게끔 그도 노력했을 텐데. 마음이 개운치 않았지만, 이미 지나간 일을 되돌릴 순 없었다. 그래도 방긋방긋 웃으며 내 나름대로 가족들에게 말을 붙여보려 노력했다고 스스로를 다독였다. 다음에는 나답게 그 자리를 즐기자는 결심과 함께. 살갑게 말을 걸고 농담도 던지는 모습을 상상하며 그에게 살포시 몸을 기댔다.

최고의 보답이자 행복

어렸을 때부터 엄마는 정해놓은 원칙 안에서는 한없이 너그러웠지만 내가 조금이라도 원칙에 벗어나려 하면 여지없이 빨간불을 켰다. 서운한 적도 있었으나 당신이 고생한 만큼 나는 고생하지 않길 바라는 마음이라는 걸 이제는 안다. 엄마를 이해하게 되면서 내 일을 모두 공유하거나 속내를 털어놓지 않게 되었다. 엄마가 괜한 일로 속상해하지 않았으면 해서, 엄마도 엄마 인생이 있듯 나도 내 인생이 있으니. 엄마와 각별하게 지냈기에 더 조심했다.

그래서 용기 내어 일본인 남자친구가 있다고 엄마에게 고백했다. 앱에서 만났다고 이야기했다가는 엄마가 그를 실체를 알 수 없는 위험한 사람이라고 여기며 불안해할까봐, 글 쓰다가 만났다고 둘러댔다. 메시지도 글이니 거짓말은 아니다. 다행히 엄마가 더 캐묻지 않았다. 그후로 내가 그의 이야기를 할 때면 엄마는 그가 속 깊고 착하고 나보다 낫다며 즐겁게 들어주었다. 그의 좋은 인상을 엄마에게 계속 심어주며 타이밍을 엿보고 있었다. 결혼식을 올리지 않고 내년 봄에 그와 혼인신고를 하고 같이 살 예정이라고 말할 타이밍.

나는 코로나를 핑계로 결혼식을 생략하고 싶었다. 해외에서 사느라 근 10년은 안부조차 묻지 않고 살던 친척들에게 연락을 돌리는 것도, 어색한 웨딩드레스를 입은 채 걷는 것도 원치 않았다. 게다가 국제결혼은 어느 나라에서, 어떤 언어로 진행할지도 결정해야 해서 골치가 아프다. 여태 아끼고 아껴서 모은 돈을 한 번에 태우고 싶지도 않았고. 사실 무엇보다 손님들이 그의 흉터를 두고 수군거릴까봐 걱정되었다. 우리 둘 관계에서는 구순구개열 흉터든 오른쪽 검지 흉터든 하등 문제될 게 없다. 하지만 기성세대는 다른 점에 훨씬 민감했다. 내당고모부는 그와 같은 흉터를 가진 분이었고, 언제나 그 지점이 친척들 입에서 오르내렸다. 그래서 엄마에게 그의 흉터를 쉽사리 이야기하지 못했다. 엄마가 그를 탐탁지 않게 볼 텐데…… 근심만 늘어갔다.

어떻게 이야기를 꺼낼지 몇 주 동안 말을 고르고 고르다가 엄마에게 단도직입적으로 메시지를 보냈다. "내년 봄에 결혼할까 생각 중이야." 열 살 먹은 어린아이도 아니고 나이도 먹을 만큼 먹었으니 엄마도 내 의견을 존중해줄 것이라고 기대했다. 그러나 엄마는 냉담한 반응을 보였다. 남자친구 얼굴을 본 적도 없는 데다, 사귄 지 1년도 채 되지 않았으면서 결혼식도 없이 혼인신고만 하겠다고 하니 기가 찼던 것 같다. 결혼식을 결혼이라고 생각하는 한국과 달리, 일본에서는 보통 혼인신고를 먼저 하기 때문에 혼인신고가 곧 결혼을 의미한다고 엄마를 설득해보았지만, 문화차이는 예상보다 더 큰 파란을 일으켰다. 엄마는 "결혼은 두 사람 마음만 가지고 하는 게 아니야"라며 섭섭함을 내비쳤다.

애지중지 기른 딸을 믿고 맡길 만한 사람인지 헤아려보고, 사돈댁이 우리 딸을 속상하게 하지는 않을지 살펴보고 싶어 한다는 건 알고 있다. 예쁜 웨딩드레스를 입고 모두가 축복하는 자리에서 남들처럼 평범하게 살기를 바라는 마음도 안다. 하지만 우리가 서로 알게 된 날을 평생 기억할 결혼기념일로 정하고 싶을뿐더러 코로나를 핑계삼아 결혼식을 올리지 않아도 됐기에 꼭 이 시점에 결혼하고 싶었다.

모든 과정을 지켜보던 남자친구는 어머니 입장을 이해한다며 엄마 편을 들었다. 그의 마음씨에 기대 '우리 엄마가 하나밖에 없는 딸을 아껴서 그렇다'며 그에게 거듭 사과했다.

세 달간의 설득과 대화 끝에 엄마가 마음을 열었다. 자식 이기는 부모 없다는 말은 사실이었다. 엄마는 점점 그의 안부를 물어오고 내 이야기에도 귀기울였다. 코로나만 풀린다면 남자친구와 그의 부모님을 만나보고 싶다고까지 말했다. 아마 아빠가 옆에서 많이 거들어줬을 것이다. 그러나 엄마의 바람과 달리, 해가 바뀌어도 하늘길이 열릴 기미가 보이지 않아 우리 부모님과는 영상통화로나마 얼굴을 보기로 했다. 그의 상처들에 대해서는 미리 말하지 않았다. 부모님이 그를 있는 그대로 봐주길 바랐기 때문이다.

그런데 영상통화 하루 전날, 그가 전화를 걸어왔다. 어머니가 도쿄의 감염자 수가 증가하니 내일 나가지 말라고 하셨단다. 불과 몇 주 전까지 내가 도쿄에 사는 걸 가볍게 넘기던 어머니는 재빠른 태세전환을 보였다. 그가 그 말을 전하는 목적은 무엇일까. 내일 못 온다는 건지, 함께 어머니를 설득해보자는 건지, 아니면 내가 오지 말라고 말하길 바라는 건지. 당최 나보고 이 상황을 어떻게 받아들이라는 건지, 화가 나기 시작했다. 일단 전화를 끊고 샤워하며 감정을 가라앉히려 했지만 도통 나아지질 않았다. 방어회에 소주 한 잔을 털어넣고 나서야 가슴속 불길이 조금 진정되었다. 통화를 끊은 지 한 시간쯤 지났을까, 그가 내일 예정대로 우리집에 오겠다고 했다.

그런 애초에 어머니와 담판을 지었어야지. 내가 우리 엄마를 설득하려고 얼마나 애썼는지 옆에서 다 지켜봤으면서. 어머니께 감염자 수는 줄지를 않는데 앞으로 쭉 만나지 말라는 거냐고 받아치지도, 예비 장인어른 장모님께 인사드리는 자리라 반드시 가야 한다고 설명하지도 못하는 그의 모습에 울화통이 터졌다. 분노를 삭이고 있는데 다시 벨소리가 울렸다.

"직접 뵈러 가지도 못하는데 어렵게 시간을 내주셨으니 내일은 꼭 함께 인사드리고 싶어. 사실 엄마가 내일 나가면 너희들을 응원하지 못하겠다고 으름장을 놓았거든. 괜히 뿌리치고 나왔다가 나중에 무슨 소리를 할지 모르니까 망설여지더라. 이제는 괜찮아. 내가 어떻게든 해결해볼게."

다음 날 그는 평소보다 조금 늦게 도착했다. 오늘은 꼭 가야 한다며 다음 주는 가지 않겠다고 약속했다는데, 만감이 교차했다. 하지만 그의 지친 얼굴만 봐도 얼마나 실랑이를 벌였을지 그림이 그려졌기에 더는 내색하지 않았다.

약속 시간은 오후 다섯 시인데 세 시부터 『어린 왕자』의 여우처럼 안절부절못했다. 샐러드와 카나페를 만들고 냉장고에 넣어둔 차가운 참이슬을 꺼냈다. 영상통화가 조금이라도 편했으면 하는 마음에 카메라를 앞에 두고 술과 안주를 먹자고 부모님에게 제안했었는데, 도수가 높아야 긴장을 덜할 듯싶어 우리는 참이슬을 골랐다.

통화 직전 그에게 주의사항 세 가지를 전달했다. 첫째, 엄마는 원래 표정이 무뚝뚝하다. 둘째, 얼굴을 보고 흉터를 물어볼 수도 있는데 신경쓰지 않아도 된다. 셋째, 한국에서는 결혼할 때 경제력을 중시해서 모아놓은 돈, 집, 부모님 노후 같은 질문을 던질 수도 있으니 당황할 필요 없다. 주의사항까지 듣자 비로소 실감이 나는지 그는 긴장한 기색이 역력했다. 나까지 굳으면 그가 더 긴장할 것 같아 태연한 척 미소를 지었다.

다섯 시 정각, 통화 버튼을 누르자마자 아빠가 등장했다. 다락방의 큰 TV에 화면을 연결했으니 그의 입술 흉터가 선명하게 보였을 텐데 아빠는 아무 말도 없었다. 1층에서 음식을 가지고 올라온 엄마는 생글생글 웃으며 "곤니치와"라고 인사했다. 뜻밖의 장면이라 나도 깜짝 놀랐다. 곧이어 우리는 소주, 부모님은 와인, 각자 술을 따르고 카메라를 향해 건배를 했다. 한국

드라마로 한국식 주도를 배운 그가 몸을 돌려 술을 마시자 아빠는 어디서 배웠느냐며 호탕하게 웃었다.

평화로움도 잠시 혼인신고는 언제 할 건지, 결혼하면 어디서 살 건지, 회사는 어떻게 할 건지 등 온갖 질문들이 쏟아졌다. 그가 잔뜩 얼어붙은 채로 천천히 대답을 고르는 사이, 아빠는 또다른 질문을 던졌고 엄마는 아빠의 말에 부연 설명을 했다. 이런 상황에 나는 한국어와 일본어를 번갈아 통역하느라 잘 먹지 못했다. 엉망진창 대혼란 파티였지만 예상 외로 모두가 즐거워 보여서 한시름 놓았다.

분위기가 무르익자 그는 엄마가 일본어로 인사해준 게 감동적이었다며 눈물을 글썽였다. 그러자 엄마는 예전에 잠깐 일본어를 배웠었다며 오십음도*의 글자들을 순서대로 외워 보였다. 엄마가 일본어를 떠듬떠듬 말하는 모습이 웃겨서 배를 잡고 있는데 그의 눈에서는 눈물이 흘러내렸다. 서툴러도 소통하겠다는 엄마의 의지가 화면 너머로 전달되었나보다.

전화를 끊으니 두 시간이 훌쩍 지나 있었다. 한 단계 해치웠다는 생각에 홀가분해졌지만 한편으로는 부모님이 그의 흙

---

* 일본어의 가나 문자를 모음은 세로로 다섯 자, 자음은 가로로 열 자씩 나란히 세워 그린 표. 주로 일본어 문자를 학습하기 위한 용도로 사용된다.

터를 언급조차 하지 않은 게 마음에 걸렸다. 한참 뒤에 물어보니 엄마는 "너희들끼리 좋다는데 어쩌겠어"라고 말했다. 결혼식을 하지 않는 게 역시나 조금은 아쉽다고 덧붙이면서.

자식은 나 하나뿐인데 결혼식을 올렸어야 했나, 하며 가끔씩 이때를 돌아본다. 그 당시에는 우리를 허락해주지도, 내 의견을 들어주지도 않는 엄마를 원망했다. 하지만 귀를 닫고 있는 사람은 정작 나였다. 나와의 이별을 좀더 천천히 맞고 싶었던 엄마, 나와 멀어지는 순간을 마주할 준비가 필요했던 엄마를 충분히 이해하지 못했다. 내 목소리를 내기에 급급했다. 누구보다 가까운 나의 부모님이기에 내가 더 배려했어야 했다고 후회하는 사이, 엄마는 이미 그를 가족으로 받아들였다. 딸이 사랑하는 사람이라는 이유만으로 그를 품어준 것이다. 부모님은 나의 행복을 가장 중요한 가치로 여겨주었다. 세상에서 가장 나를 존중해주는 사람들이었다. 그러니 우리는 알콩달콩 행복하게 살아야 한다. 그게 부모님에게는 최고의 보답이자 행복일 테니.

젠가 앞에서

"트리트먼트 어떻게 하실래요? 이건 기본적인 보호만 해주고, 이건 모질 개선에 탁월해요. 보통은 비싸도 이쪽을 고르세요."

자본주의사회의 판매자들은 젠가에 능하다. 가장 완벽한 상품에는 가장 비싼 값을 매기고, 블록을 하나둘 빼서 만든 상품에는 싼 가격을 매겨 소비자를 유혹한다. 이 미용사도 똑같다. 말만 번드르르하지 '이건 비지떡이고요, 비싼 게 진짜 트리트먼트입니다'와 뭐가 다른가.

가격표를 치우는 미용사의 손이 맥 빠져 보인다. 내가 싼

비지떡을 고른 탓이려나. 차라리 트리트먼트를 하지 말걸 그 랬나, 하는 심정으로 핸드폰 화면으로 시선을 떨구었다.

무수한 선택지 앞에서 나는 늘 최고가 아닌 최선을 골라왔 다. 월급은 손에 들어오기도 전에 세금과 보험으로 빠져나가 고 남은 돈의 절반은 월세와 공과금으로 흔적도 없이 사라졌 다. 영리한 판매자들과 가벼운 내 통장 사이에서 타협할 수밖 에 없었다.

2월에 되고 나와 남자친구는 신혼집을 찾아다녔다. 처음에 는 그와 나 둘 다 통근할 수 있는 지역에 집을 구할 계획이었 다. 그러나 역에 가까워질수록 집값은 널뛰었고 코딱지만한 옵 션이라도 있으면 비용은 더 올라갔다. 위치도 좋고 가격대도 괜찮은 집은 지진이 일어나자마자 쓰러질 것 같았다. 도쿄에 서 제법 떨어진 지역의 건물들은 저렴한 도시가스 대신 비싼 LPG를 쓰는 경우가 많았고, 대부분 지진에 약한 2층짜리 목 조건물이나 철골조 아파트였다. 집을 사는 것도 아니고 월셋집 을 구하는 것뿐인데 건물주와의 젠가는 시작조차 못했다. 한 참 블록을 만지작거리다 그의 동네도 한번 알아보기로 했다.

차 없이는 돌아다니기 어려운 일본 시골 동네에서 사는 삶. 그를 만나기 전에는 상상조차 하지 못했다. 하지만 지금

하는 일을 좋아하는 그에게 이사를 해야 하니 회사를 그만두라고 할 수 없었다. 손을 다친 그에게 이직은 간단한 문제가 아니었기 때문이다. 그는 몇 년 전 절단 사고를 당한 회사에서 퇴사하고 지금 회사로 옮겼다. 언젠가 그는 이직을 준비하는 두 달 동안 마치 아무짝에도 쓸모없는 인간이 된 것 같아 괴로웠다고 말했다. 그가 그때 일을 전부 다 털어놓지는 않았지만, 그의 목소리와 표정에서 경력 공백 그 이상의 트라우마가 엿보였다. 그래서 내가 먼저 그가 사는 동네로 가겠다고 말했다. 시골에서 내가 커리어를 이어갈 수 있을까, 걱정됐지만 어디를 가도 나의 불안정성은 똑같으니 그가 조금이라도 편안하기를 바랐다.

가장 빼기 어려웠던 '나의 커리어' 블록을 뽑고 나니 젠가는 훨씬 수월해졌다. 그의 동네에서 몇 시간 동안 발품을 팔다가 현관에서부터 좋은 기운을 풍기는 집에 들어갔다. 햇빛이 잘 들어오는 밝고 따뜻한 분위기, 작은 화분을 올려놓기 좋은 주방, 마음에 안 드는 구석이 없었다. 딱 한 가지, 시세보다 비싼 월세만 빼고.

새로 도배된 벽을 쓰다듬으며 더 싼 집은 없냐고 물어볼지 갈등했다. 여기까지 오는 길에 회사 같아 보이는 건물은 하나도 보지 못했다. 이런 시골에 외국인을 받아줄 일자리가 있을까. 내 벌이가 불투명해지는 마당에 월세 만 엔 차이는 큰 지출로 느껴졌다.

이미 구멍이 송송 뚫려 있는 젠가에서 더 뺄 블록이 있을까, 고심하는데 문득 잘못 생각하고 있다는 사실을 알아차렸다. 커리어는 나의 우선순위가 아니었기 때문에 흔쾌히 뽑을 수 있었지만, 젠가는 소중한 것까지 버리는 게임이 아니다. 지금 나는 사랑하는 사람과 부부로서 첫 출발을 하는 집을 구하고 있다. 우리 둘이 함께 밥을 먹고 TV를 보며 웃고 떠들 집을. 뒤를 돌아봤다가 그와 눈이 마주쳤다. 나와 같은 마음이었는지 그는 다정하고도 비장한 눈빛을 보냈다.

"여기로 하겠습니다."

그가 계약자로 된 입주 심사[*]는 내 일본생활 중 가장 빨리 끝났다. 내가 약혼자 신분으로 서류의 동거인란에 적히긴 했지만, 계약자가 일본인이라 별 어려움 없이 입주할 수 있었다. 내가 혼자 집을 구할 때에는 부동산 직원이 집주인에게 전화

일본에서 집을 계약할 때는 건물 소유주 또는 소유주로부터 위임받은 관리회사에게 입주심사를 받아야 한다. 보증회사(세입자가 임대료를 체납할 경우, 소유주에게 임대료를 대납하고 세입자에게 이를 청구하는 회사)의 심사가 필요한 경우도 있다. 세입자는 심사를 위해 각종 서류를 제출해야 한다.

를 걸어 "일본에 산 지 오래된 한국여성이고 일본어도 문제없고 직장도 괜찮습니다. 집을 빌려주실 수 있겠습니까?" 하고 확인부터 받아야 했다. 때로는 "외국인은 좀"이라며 거절당하기도 했다. 같은 외국인이어도 혼자인 이방인과 배우자가 있는 이방인은 미묘하게 다르다는 게 느껴져 뒷맛이 씁쓸했다. 그러나 오늘만큼은 최선이 아닌 최고를 골랐다. 서로에게 기대어 잠드는 보금자리를. 이곳에서 웃음이 마를 새도 없이 행복하기를 바라며 계약서에 도장을 굳게 찍었다.

안녕 도쿄

"오겐키데스카!"

새하얀 눈밭을 보면 자동 반사로 나오는 대사. 열여섯 살 영화관에서 봤던 〈러브 레터〉를 잊지 못한다. 순백의 눈으로 뒤덮인 거리와 담담하고도 애절한 감성. 일본은 진짜 〈러브 레터〉 같을까 궁금했다. 도서관과 만화방을 드나들며 일본소설과 일본만화를 찾아 읽었다. 수많은 문장과 그림에 매료되었고 자연스레 일본생활을 동경하게 되었다.

학창시절 내내 꺼지지 않던 관심은 스무 살이 되고서도 이어졌다. 우리집 형편에 유학은 어려워 다른 방법을 찾아보던 중 워킹홀리데이를 알게 되었다. 그길로 여권을 발급받고 접수 일정에 맞춰 일본대사관에 서류를 제출했다.

'워킹은 거들 뿐 메인은 홀리데이'라는 당찬 포부를 안고 떠난 출국 당일. 잔뜩 긴장해 기내식을 잘 씹지도 못하고 착륙할 때는 안전벨트도 못 풀어 낑낑댔다. 말없이 벨트를 탁 풀어준 옆자리 일본인 아저씨 덕분에 간신히 땅을 밟을 수 있었다. 시작부터 삐거덕거리던 건 일종의 복선이었을까.

첫 이 주 동안은 도쿄의 관광지를 돌아다니는 맛에 푹 빠져 살았다. 웬만한 땅은 다 밟고 나자 어느새 초기 자금이 얄팍해져 있었다. 급하게 아르바이트를 구해봤지만 "일본어가 좀" "풀타임 근무는 좀"이라는 말과 함께 계속 퇴짜를 맞았다. 한 달 동안 일자리를 찾아다닌 끝에 카페와 이자카야에서 아르바이트를 시작했다. 근무시간이 매번 달라졌지만, 아침 여덟 시부터 낮 세 시까지는 카페, 네 시부터 밤 열한 시까지는 이자카야, 하루에 열두 시간 넘게 일한 날도 있다. 쳇바퀴 같은 삶은 무전여행을 다니겠다는 야심 찬 계획을 지워버렸다. 그렇게 홀리데이는 사라지고 워킹만 남았다.

심지어 그 워킹에 은근한 괴롭힘까지 붙었다. "손님 없는 날엔 가만히 있으면 집에 가라고 하니까 뭐라도 해야 해." 아르바이트 선배가 내게 손걸레 하나를 쥐여주며 창틀을 닦자고 말했다. 열심히 청소하고 있는데 뒤에서 웃음소리가 들려왔다. 뒤돌아보니 나만 창틀을 붙들고 있고 그 선배를 포함해 다른 아르바이트생들은 주방에서 수다나 떨고 있었다. "무슨 이야기를 그렇게 재밌게 해?" 하고 다가가니 그들은 아무 일도 없었다는 듯 "그냥 잡담. 슬슬 일해야겠다" 하고 흩어졌다. 그들이 뒤에서 뭐라고 떠들든 나는 내 일에만 집중했다. 어차피 여기는 내 나라가 아니니까. 두 달 늦게 들어온 아르바이트생이 나보다 시급 오십 엔을 더 받는다는 사실을 알았을 때도 묵묵히 바닥을 닦았다.

점장 친구 R상이 들어온 후 상황은 달라졌다. R상은 어느 순간부터 매니저 행세를 하더니 나를 눈엣가시로 취급했다. "홀은 내가 볼 테니, 너는 내가 시키는 것만 해"라며 그릇이 얼마 없는 개수대 앞으로 나를 끌고 가기 일쑤였다. 분노를 차곡차곡 쌓아오던 어느 날, 참다못해 R상에게 "나는 설거지나 하러 일본에 온 게 아니야!"라며 소리를 질렀다. 때가 덜 묻은 스물세 살은 감정을 차분히 이야기할 줄 몰랐다. 손님들에겐 퍽 재미있는 구경거리였을 것이다. 그후 갑자기 다들 나에게 상냥하게 굴었다. 알고 보니 모두 R상을 싫어하고 있었다. 적의 적은 나의 친구라더니, 순식간에 나를 자기들 무리에 끼워주었다. 공동의 적과 우리를 나눈 선이 보이자 모든 사람을 진심으로 대할 필요도 없고, 모든 사람이 내게 진심을 다하지도 않는다는 사실을 배웠다. 동경하던 삶과 180도 다른 일본생활에 크게 실망했고 한국으로 돌아갈 날만 손꼽아 기다렸다. 2006년 7월 5일 김포행 비행기에 몸을 실으며 다짐했다. '이 거지같은 나라, 두 번 다시 오나 봐라.'

하지만 그 거지같은 나라를 그리워하는 데 오랜 시간이 걸리지 않았다. 느긋하게 흐르던 일본의 시간과 달리 한국의 시간은 속도를 따라갈 수 없을 정도로 빨랐다. 또래들이 살아남기 위해 아등바등 취업을 준비하는 사이, 나는 하고 싶은 일이 없어 어떻게 먹고살아야 할지 감을 잡지 못했다. 얼떨결에 들어간 첫 직장도 반년 만에 그만두었다. 집에서 빈둥거리기에는 눈치가 보여 억지로 자격증을 공부했지만 도피성으로 선택한 일이 잘될 리 없었다.

현실이 불만족스러워지자 도쿄에서의 고달팠던 기억은 저 멀리 날아가고 행복한 장면들만 머릿속에 남았다. 다시 도쿄에 가면 겁 없이 달려들었던 때처럼 좋아하는 일을 찾고 진취적으로 살아갈 수 있을 것만 같았다. 막연한 희망이 가슴속에 움텄다.

2012년, 나의 두번째 일본살이가 시작되었다. 6년 만에 다시 밟은 도쿄 땅은 여전히 차갑고 쓸쓸했다. 하지만 10년이라는 세월 동안 도쿄 곳곳에 추억이 서서히 쌓여갔다. 한밤중에 자전거로 달리던 골목길, 매일 아침 닭튀김을 사 먹던 편의점, 친구 하숙집에서 내려다보던 스미다가와강과 도쿄 스카이트리, 벚꽃이 흐드러진 우에노공원, 밤에 호수가 아름다운 미쓰기공원. 늘 나를 지지해준 인생 선배, 내 편이 되어준 친구들. 그 순간과 그 사람들 덕분에 도쿄는 따뜻하고 다정했다. 그런 도쿄와 이제 이별할 시간이다. 지긋지긋해도 언제나 도돌이표처럼 돌아오던 곳에 손을 흔들 시간이다.

"무슨 생각을 그렇게 해?"

"그냥. 캐슈너트 먹을래?"

고속도로 휴게소에서 산 캐러멜캐슈너트는 내 입으로 쏙쏙 사라졌다. 혼자만 먹는 게 찔려 운전하는 그의 입에도 두 알을 넣어주었다. 뒤창이 보이지 않을 정도로 산을 이룬 이삿짐을 싣고 시골로 향하는 길이었다.

살림을 합치는 데에는 큰돈이 필요했다. 게다가 3월은 일본의 이사철이라 이삿짐센터가 부르는 게 값이었다. 사정을 잘 알고 있는 그가 큰 짐만 용달에 맡기고 나머지는 차로 옮기자고 제안했다. 몸은 좀 피곤하겠지만 이사 비용의 절반은 아낄 수 있다면서. 평일 내내 회사에 매여 있는 사람을 주말에도 일하게 하는 것 같아 미안하다고 말했더니, 그는 내 일이 곧 자기 일이라며 괜찮다고 웃었다.

싱글 침대와 낡아서 삐걱거리는 가구들을 버리고 나니 자취방이 금방 휑해졌다. 그제야 정든 곳을 떠난다는 게 실감났다. '다시 도쿄로 돌아오는 건 어렵겠구나' 하는 생각에 침울해하자 그는 동네 한 바퀴 돌자고 했다. 손을 맞잡고 천천히 걸으며 마지막으로 동네 구석구석을 훑었다. 시선을 옮기는 곳마다 그와의 시간이 묻어 있었다.

도쿄에서의 마지막 밤, 쉽사리 잠이 오지 않았다. 든든한 반려자가 생겨서 기쁘면서도 정든 곳과 헤어지게 되니 서운하고, 한편으로는 새로운 동네에서 맞이할 삶이 기대됐다. 머릿속에 들어차는 여러 상념들을 뒤로한 채 창문 너머로 보이는 풍경에 대고 인사했다.

'안녕, 도쿄. 잘 있어.'

거짓이 없음을
선서합니다

국적 한국, 주소 도쿄도 이타바시구…….

　이삿짐 박스가 어지럽게 널려 있는 어두컴컴한 방. 나는 노트북을 켜고 '선서서宣誓書' 파일을 열어 내 인적 사항을 적었다. 혼인신고할 때 여러 서류들과 함께 선서서를 제출해야 했다. 필요한 정보를 다 기재하고 아래 내용을 살펴보았다.

　저는 현재 혼인 상태에 있지 않습니다.

　저는 본국 법에 의거해 혼인 능력을 가졌습니다.

　저는 혼인신고 서류에 거짓을 기재하지 않았습니다.

저는 이번 결혼에 있어 상기 사항에 거짓이 없음을 양심에 따라 선서합니다.

청혼을 받고 영구귀국은 완전히 접었지만, 끝내 회사는 그만두기로 했다. 나의 정신 건강을 위해서. 어차피 시골 동네로 이사가게 되었으니 이러나저러나 퇴사는 불가피했다. 지난겨울에 냈던 사직서가 수리되고 마지막 출근일이 정해진 후로는 아침에 눈이 저절로 떠졌다. 드디어 내 마음에도 평화가 찾아왔다. 기댈 데라고는 그밖에 없는 시골 동네에서 반나절 동안 혼자 지내야 한다는 게 불안했지만, 결혼생활만 상상하면 솜사탕을 밟는 듯 발걸음이 가벼워졌다. 법적 부부로서 첫발을 내딛기 하루 전, 남은 건 이사와 혼인신고뿐이었다.

혼인신고 디데이는 3월 27일. 그가 내게 처음 메시지를 보내 우리가 서로 알게 된 날인 만큼 매년 맞는 결혼기념일을 3월 27일로 하고 싶었다. 일요일이어도 시청 휴일접수처에 혼인신고서를 내면 그 날짜로 신고해준다는 말에 냉큼 27일을 디데이로 잡았다.

날짜를 정하고 시청에 필요한 서류를 문의했다. 두 시간도 채 되기 전에 도착한 답장에는 혼인신고서 외에도 각종 증명서, 진술서, 선서서를 제출해야 한다고 적혀 있었다. 증명서는 한국 국적자의 혼인 요건을 '심사'하기 위함이니 한국 영사관에서 떼오면 된단다. '심사'라는 단어에 놀라 무엇을 심사하느냐고 물어봤다. 시청 직원은 나의 이름과 생년월일, 국적, 혼인 관계, 가족 관계 등을 확인하는 형식적인 절차일 뿐이라 답했다. '심사가 아니라 확인……' 하고 곱씹으며 진술서와 선서서를 열었더니 웬걸 '양심에 따라 선서합니다' 문구가 덩그러니 떠 있었다.

일본에는 내 호적이 없으니 위장결혼 여부를 살펴보기 위해 많은 서류를 요구하는 건 충분히 납득한다. 우리나라에서 국제결혼할 때에도 절차가 비슷할 것이다. 그런데도 묘하게 심사가 뒤틀린다. 선서라고는 국기에 대한 맹세와 운동회 때 '우리는 정정당당하게 승부할 것을 선서합니다'만 해본 사람에게 갑자기 결혼에 거짓이 없음을 선서하라니. 외국인에게는 온갖 서류를 들이밀면서 정작 그 외국인과 결혼하는 배우자에게는 사실관계를 따지지도 않는 현실에 기가 막혔다.

그에게 억울함을 토로했더니 그도 질세라 거들었다. 그가 회사에 결혼 사실을 알리며 외국인 배우자와 관련하여 어떤 서류를 제출해야 하는지 물었을 때, 상사가 "설마 속고 있는 건 아니죠?"라고 답하더란다. 그는 애써 화를 참고 "객관적으로 보면 제가 상대방을 속이는 것에 가깝습니다" 하고 웃어넘겼다고 했다. 시골에는 외국인에 대한 부정적인 시선이 남아 있었다. 이곳에서 나는 그저 '외국인'에 불과한 걸까. 쓸쓸함을 집어삼킨 채 진술서와 선서서에 서명했다. 그다음 실수라도 할까봐 그와 번갈아가며 혼인신고서를 볼펜을 꾹꾹 눌러 적었다. 한번 더 꼼꼼히 훑어보고는 볼펜을 내려놓았을 때 갑자기 그가 나를 의자에서 일으켜 세우고는 손을 잡았다.

"나랑 결혼해줄래?"

그 순간 눈에 눈물이 고이고 목이 메었다. 하마터면 전화로 "우리 결혼할까" 소리만 듣고 혼인신고할 뻔했다는 생각에 눈물이 쏙 들어가긴 했지만.

결혼한 친구들에게 남편을 처음 만났을 때 찌릿했냐고 물은 적이 있었다. 그러자 전부 똑같은 대답을 내놓았다. "아니. 정신을 차려보니까 식장에 있던데." 결혼 연차가 쌓이면서 달달했던 순간을 잊었거나 기혼자의 허세겠지, 하고 콧방귀를 뀌었다. 그런데 웬걸, 틀린 말이 하나도 없었다. 눈을 감았다 뜨니 어느새 혼인신고서에 내 이름을 적고 있다. 전기가 찌릿 통하지도, 이 사람과 결혼할 것이라고 예감하지도 않았다. 그저 옆에 붙어만 있어도 마음이 차분해지고 사소한 일상마

저 즐거웠다. 사계절을 거쳐온 우리는 새출발을 앞두고 있었다. 부부로서는 처음 맞을 봄날을 기대하며 그의 손을 꼭 붙들었다.

끝나지 않은
우리의 연애

2022년 3월 27일 오후 열두 시를 조금 넘긴 시각, 우리는 시청 주차장에 도착했다. 이틀 내내 짐을 옮기느라 피곤해서 얼굴이 퉁퉁 부어 있는데 햇빛에 눈이 부셔 미간까지 찌푸리고 있었더니, 그가 호탕하게 소리 내어 웃는다. 그렇게 서로를 보고 한참을 웃다가 얼굴을 풀고 진지함을 장착했다. 일생일대 가장 중요한 순간에 시시덕거릴 순 없으니.

비장한 마음으로 유리문을 열고 들어갔다. 시청 직원이 메일로 안내해준 대로 휴일접수처에 혼인신고서를 제출했다. 당직 직원은 서류를 슥 확인해보더니 신고일은 오늘 날짜로 찍히지만 서류는 내일 처리될 거라면서 그만 가보라고 말했다. 그렇게 십 분 뒤 우리는 법적으로 부부가 되었다. 인륜지대사가 이렇게나 간단히 처리되다니. 조금은 허탈했지만 지금 손잡은 사람과 일생을 함께한다는 생각에 가슴이 설렘으로 부풀어올랐다. 공식 부부로 인정받는 게 이런 걸까. 아직 반지도 없는 왼손 약지가 묵직해지는 기분이다.

"앞으로 잘 부탁해." 주차장에서 악수를 나누고 이날을 기념하기 위해 시청을 배경으로 사진을 찍었다. 후다닥 셔터를 세 번 누르고 얼른 차에 올라탔다. 감동에 젖어 있을 틈이 없었다. 남은 이삿짐을 옮기러 서둘러 도쿄에 가야 했기 때문이다. 마지막 짐을 차에 싣고 용달기사님께 냉장고를 맡긴 뒤 새 집으로 가면 이틀간의 이사도 끝난다. 고지가 눈앞에 보인다.

도쿄로 향하는 차 안, 빗방울이 떨어졌다. 유리창에 맺힌 물방울을 보자 한여름 밤 공원에서 갑자기 소나기를 맞았던 때가 떠올랐다. 청춘드라마의 한 장면처럼 장대비는 같이 맞았으면서 정작 같이 영화를 본 적은 없었다. 영화 말고도 1년 조금 안 되는 연애 기간 동안 못 해본 것이 많았다. 각자의 일상에 치여 사느라 일주일에 한 번 얼굴을 봤거니와 그마저도 코로나 때문에 함께하고 싶은 것들을 자유롭게 하지 못했다. 도장까지 찍고 나서야 이런 생각을 하는 스스로가 웃겼다. 참

용케도 결혼을 했다.

그와 나는 '운명'이었을까? 핸드폰을 마주보고 오늘을 이야기하던 사이에서 한 침대에 나란히 누워 내일을 맞는 사이가 됐다. 채팅 앱에서 메시지를 주고받던 사람과 결혼까지 할 줄 누가 알았겠는가. 하지만 이것을 운명이라는 한마디로 요약하기에는 살짝 억울하다. 그럼 나는 바다까지 건너온 곳에서 10년 동안 죽어라 일만 하다가 마음을 다친 사람이 되고, 그는 남들과 다르게 태어나 괴로운 유년 시절을 보내고 불운한 사고까지 당한 사람이 되어버린다. 그렇게 불행이 쌓이고 쌓여 만들어진 게 운명이라면, 우리의 인생이 너무 가혹하지 않은가. 운명이라고 부를 거면 이십대 때부터 대기업에서 연봉 일 억 받는 삶 정도는 되어야지.

게다가 기념으로 남겨둔 채팅 앱의 메시지들을 거슬러올라가다 발견한 내용도 우리가 운명이 아니었음을 보여준다. 2021년 3월 27일, 우리가 이어지기 한참 전에 그가 내게 몇 번 말을 건 흔적들이 남아 있었다. 내가 아무런 답장도 하지 않아 메시지창은 닫혔다. 그가 내게 연락한 날짜만 덩그러니 찍혀 있다. 그가 어디에 꽂혔는지는 모르지만 내게 몇 번이나 문을 두드렸고, 나는 무엇이 마음에 안 들었는지 모르지만 그를 몇 번이고 무시했다. 그러다 3월 마지막 주 주말에 벚꽃을 계기

2020/09/06

2020/09/06

2020/10/01

2020/12/01

2021/02/01

お花見行きました？

03/27

いきましたよ😀**

03/27

° 꽃구경 다녀왔어요?
°° 네, 꽃 보고 왔어요.

로 첫 대화가 시작된 것이다.

그러니까 이 사랑은 운명이 아니다. 끈기 있게 메시지를 보내고 끝까지 내 손을 잡으려 했던 그의 노력이자, 무수한 갈등과 고민을 뿌리친 나의 용기가 맺은 결과다. 아무것도 하지 않으면 그저 스쳐지나갔을 인연에 우리가 물을 주고 싹을 틔워내 열매를 맺게 했으니 우리 손으로 일궈낸 결과다.

그렇게 믿으며 평생의 반려가 된 그와 오순도순 살아가고 싶다. 모든 것을 운명에 맡기지 않고 우리의 손으로 재미있고 행복하게 일상을 꾸려가고 싶다. 세상의 틀에 맞춰 악착같이 발을 굴리기보다 조그마한 행복의 씨앗을 심고 물을 주며 웃음이 끊이질 않는 우리만의 세계를 울창하게 가꾸어나갈 것이다.

모든 연애가 결혼으로 귀결되지 않듯 결혼은 연애의 끝을 의미하진 않는다. 결혼으로 서로에게 닿을 수 있는 영역이 좀 더 확장되었을 뿐이다. 그러니 우리의 연애는 아직 끝나지 않았다. 또다른 장이 막 시작되었다.

2부

굿바이 꽃다발

"제 메일 보셨나요?"

"봤어요. 안 그래도 이야기하고 싶었는데 이번 주에 시간 됩니까?"

상사는 이미 메일을 읽어놓고는 내가 운을 띄우고 나서야 면담 이야기를 꺼냈다. 알면서도 모르는 척 시간을 질질 끌려는 속셈이 훤히 보였다.

남자친구와 결혼을 약속한 해 연말, 상사 앞으로 퇴사 메일을 보냈다. 원래는 후임을 고려해 새해가 밝자마자 면담을 요청할 계획이었다. 하지만 타 부서 I상의 말을 듣고 더는 참을 수 없어 메일로 퇴사를 통보해버렸다. 그게 예의에 어긋난다는 것을 알면서도.

I상은 내년부터 그 부서 업무도 같이 봐달라고 내게 요청했다. 나는 일그러지는 미간을 숨기려 눈을 반쯤 감으며 반문했다.

"글쎄요, 지금도 업무가 많아서요. Y상이 육아휴직에서 복귀하지 않나요?"

"돌아오자마자 무리시킬 순 없어서……."

Y상이 아이를 등하원시키기 위해 단축근무하는 시간을 나로 메꾸려는 심산이었다. 그녀는 무리하면 안 되고 나는 무리해도 된다는 말인가.

연말에 깜짝 놀랐다며 너스레를 떠는 상사에게 "죄송합니다. 빨리 말씀드리는 게 나을 것 같아서요"라고 예의상 사과를 건넸다. 결혼 이야기는 일절 꺼내지 않았다. 퇴사 이유의 99퍼센트가 조직에 대한 불만이고 나머지 1퍼센트가 결혼이라고 해도 "결혼해서 그만두는구나?"라며 축하한다고 말할 사람이기 때문이다. 다만 업무에 인력이 적절하게 배치되지 않는다는 점, 성과에 정당한 평가가 따라오지 않는다는 점, 타 부서 업무를 은근슬쩍 맡기려 한다는 점 때문에 지쳐서 그만둔다고는 말해두었다. 퇴사를 결정하기까지 온갖 근심 걱정들로 잠 못 이뤘던 밤들을 허투루 흘려보내고 싶지 않았다.

회사가 나의 노동을 폄하하지 않았더라면, 한국어를 할 줄 안다는 이유만으로 내게 업무를 떠넘기지 않았더라면, 우리의 보금자리를 도쿄에 마련했을 것이다. 그에게 "내가 먹여 살릴 테니까 몸만 와"라고 큰소리치면서. 이미 마음의 결정을 내리긴 했지만 회사가 나를 기계가 아니라 직원으로서 대했다면 더 나은 선택을 할 수도 있었다.

상사는 기다렸다는 듯 온갖 감언이설을 늘어놓았다. I상말은 안 들은 걸로 쳐라, 한 달 휴가를 다녀와라, 나중에 승진시켜주겠다 등 하나같이 현실감이 없었다. 게다가 그만두면 비자는 어떻게 할 거냐고 물었다. 여기서 내 비자를 준 것도 아니면서 갑자기 나를 위하는 척이다. 내가 벌벌 떨기라도 할 줄 알았나.

내가 좀처럼 설득되지 않자 상사는 자신의 제안 외에 원하는 것이 있으면 고려하겠다고, 대신 오늘 일은 아무한테도 내색하지 말라며 추후에 다시 이야기하자고 면담을 마무리지었다. 하지만 내 결심은 그런 회유에 흔들릴 정도가 아니었다. 며칠 후 나는 같은 대답을 내놓았다. "오래 고민해보았지만 역시 그만두겠습니다."

며칠 뒤, I상에게서 메일 한 통이 왔다. "저의 경솔함이 김상을 괴롭게 했던 것 같습니다. 죄송합니다." 스치듯 내뱉은 한마디가 내 퇴사의 주된 이유가 되어 있었다. 보나마나 상사가 여기저기 흘리고 다녔겠지. 그럴 시간에 사직서 다운로드 경로나 보낼 것이지. 그는 그 경로를 알려주겠다고 해놓고는 아무 연락도 없었다. 결국 내가 먼저 사직서를 내밀었다. 그는 퇴사 이유만 확인하고는 다른 사람이 보지 못하도록 수첩 사이에 사직서를 끼워 넣었다. 내가 퇴사 이유에 자기 잘못이라도 적었을까봐, 그게 인사고과에 불똥이라도 튈까봐 걱정됐나. 떠나는 마당에 남은 동료들을 위해 정의의 사도라도 될까 잠시 고민했지만 그건 그들이 감내해야 할 문제라고 결론을 내리며 퇴사 이유에는 '개인 사정으로 퇴사합니다'라고만 썼다.

"여러분처럼 좋은 사람들을 만난 건 내게도 큰 행운이었어요."

마지막 출근 3일 전, 담당 학생들에게 퇴사한다고 이야기했다. 그러자 몇몇 학생들이 눈물을 터뜨렸다. 나는 언제나 여러분의 마음속에서 반짝일 거라고 얼버무리려는데 목소리가 떨렸다. 유독 적극적이고 밝았던 학생들이라 나도 모르게 울

컥했다.

　학생들과 인사를 나누고 빈 면담실에서 지난 3년을 되돌아봤다. 외국인 유학생들에게서 워킹홀리데이를 왔던 과거의 내가 겹쳐 보였다. 그래서 담당 학생들이 점차 성장해나가는 모습을 지켜보며 보람을 느꼈다. 면담실 곳곳에 묻어 있는 추억을 회상하고 있을 때 옆자리 M상이 나를 찾아왔다. 공교롭게 우리는 같은 시기에 퇴사해 나는 주부로, 그녀는 학생으로 돌아갈 예정이었다.

　"송별회요. K상도 부를까 하는데."

　나와 M상의 송별회 당일, 같이 일했던 동료 세 명과 부서를 옮긴 옛 상사 K상이 자리를 채워주었다. 그간의 이야기를 실컷 주고받았다. 헤어질 때가 되자 동료들은 꼭 다시 만나자고 당부했다. 그들 덕분에 나의 회사생활을 따뜻하고 근사하게 마무리할 수 있었다.

　강자에게는 끝없이 관대하고 약자에게는 한없이 엄격한 사람들, 외국인을 은근히 차별하면서 평등하다고 외치는 모순적인 조직. 일본에서 다닌 세 회사 중 가장 일본사회의 민낯을 잘 드러낸 곳. 이곳에서 10년 만에 내가 일본과 잘 맞지 않는 사람일지도 모르겠다고 느꼈다. 하지만 3년이라는 시간 속에 괴로움만 있지는 않았다. 지도한 학생들에게 감동받고 그들의 취업 소식에 누구보다 기뻐했다. 어엿한 사회인으로 자리를 잡아가는 학생들을 보며 큰 성취감을 얻었다.

10년 세월 중 3분의 1을 함께한 곳. 이 회사와의 이별은 곧 나의 새로운 시작이었다. 최선을 다했다는 마음과 새출발을 앞둔 마음에 섭섭하기보다 후련했다.

'모두들 안녕. 지금까지 감사했어요. 건강히 지내시고 언젠가 다시 만나요.'

엘리베이터 안, 손에는 꽃다발을 들고 눈으로는 문 앞까지 배웅해준 이들을 보며 작게 속삭였다.

주부와 백수
그 사이

퇴사한 지 6개월. 그간 나는 몸과 마음이 이끄는 대로 살았다. 10년간 꽉 조이던 하루하루가 느슨해지고 더는 만원 전철에서 사람들에게 짓눌리지 않아도 되었다. 스트레스가 많을 때보면 원통이 돌아가는 것처럼 보인다는 심리테스트 그림도 멀쩡해 보였다. 한동안은 그 자유를 만끽하며 시간을 보냈다.

하지만 점차 아무것도 하지 않는 매일이 불편해졌다. 퇴근한 남편에게 오늘 하루 동안의 일을 쉴새없이 좋알대는 내 모습이 마치 먹이를 물고 온 어미 새한테 아가 새가 지저귀는 것 같았다. 불과 몇 개월 전까지 회사에서 일했던 내 모습이 까마

득한 옛날 일처럼 느껴졌다. 이대로 시간이 더 지나고 나면 남편 없이는 아무것도 못하는 힘없는 가정주부가 되어 있을 것만 같았다. 사회에 복귀할 시간이었다.

단풍잎이 붉은색으로 물들 무렵, 고용지원센터로 향했다. 실업급여를 타며 구직활동을 할 계획이었다. 취업 상담은 익숙하면서도 익숙지 않았다. 일본에서 8년 동안 외국인 유학생의 취업을 돕는 일을 했다. 늘 상담에 응하는 쪽이었지 받는 쪽이 아니었다. 외국인이 일본에 취업하기가 얼마나 힘든지 누구보다 잘 알고 있기 때문에 상담 의자에 앉아 있는 이 상황이 조금 부끄러웠다. 상담을 받아도 크게 달라지지 않을 미래를 예견하고 있었고. 이 지역의 산업구조와 외국인에게 배타적인 시골 취업시장을 고려해보면 당연한 결과였다. 내가 이지역에서 사무직을 희망하고 있다는 것 자체가 취업의 걸림돌이었다. 고용센터의 문턱이 닳도록 드나들며 이력서와 경력기술서를 쓰고 면접을 준비한다고 해도, 내 나이가 일본에서 이직 마지노선이라 불리는 서른다섯을 넘긴 데다 나는 외국인이었기 때문이다.

고용센터 의자에 앉아 있으면서도 무엇을 어떻게 하고 싶은지 갈피를 잡지 못했다. 사실 내게는 한 가지 선택지가 있었다. '공장'이다. 남편이 혼자 짊어진 어깨의 짐을 덜어주고 경제적으로 조금 더 넉넉해졌으면 싶었지만 선뜻 공장에 취직할 용기는 없었다. 사무직만 해봤던 내가 공장 일에 잘 적응할수 있을지 막막했고, 공장을 다니는 외국인노동자에게 그리상냥하지 않은 동네에서 받을 시선이 두려웠다. 알량한 자존심이라는 것을 알면서도 쉽게 포기가 안 됐다. 이런 속내를 센터에 털어놓지는 않았다. 실업급여는 '취업에 대한 열정이 있을 것'을 전제로 하기 때문이다.

"아까 컴퓨터로 구인표를 찾아보던데 뭔가 마음에 드는 거있었어?"

번호가 불린 창구에는 '외국인 전용'이라고 쓰여 있었다. 사십대 후반 여성이 아주 밝고 친절하게 내게 반말을 했다. 반말에 반말로 응수를 할지, 아니면 예의상 존대를 할지 잠시 망설였다. 요즘 외국인 민원인을 위해 관공서 직원들에게 쉬운일본어를 장려한다는데 그 탓에 말이 짧아진 것 같았다. 예상치 못한 직원의 반말에 말문이 턱 막혔지만 이내 생각을 정리하고 이력서를 건넸다.

"이 지역의 외국인 사무직 취업률에 대해 알고 싶어요."

"알고 계시겠지만 일본어를 사용하지 않는 회사에서의 채용이 많아요. 본인 능력과 상관없이 외국인이라는 이유만으로 지원조차 거절당하는 일도 있고요."

존댓말로 대답하자 직원도 존댓말로 응대하기 시작했다. 그런데 정작 취업률은 보여주지 않는다. 이곳에서 사무직으로 취직하는 것은 말 그대로 하늘의 별 따기인가. 실망한 기색을 감추고 아까 기다리면서 인쇄한 구인표의 내용을 물어봤다. 그러자 직원은 갑자기 지원 가능 여부부터 확인하겠다며 회사에 전화를 걸었다. 담당자와 연결되자 내 나이와 국적을 설명하더니 맨 마지막에 이렇게 말했다.

"배우자가 일본인입니다."

예상대로 이 지역에는 외국인 생산직 노동자 자리는 많았지만 사무직 일자리는 드물었다. 여태껏 해온 일처럼 서류를 작성하고 프로젝트를 기획하고 프레젠테이션하는 자리는 없었다. 그래도 경력이 꽤 돼서 조금은 기대하고 있었는데 나는 그저 일본인과 결혼한 외국인 유부녀였다. 그간 어떤 삶을 살아오고 어떤 경력을 쌓아왔는지를 일일이 설명하는 것보다도 일본인 배우자가 있다는 사실이 우선시되는 현실이 씁쓸했다.

마지막 상담날, 매달 두 번씩 만났던 상담사는 곧 퇴사한다고 말했다. 그녀는 대학에서 전공한 중국어를 사용할 수 있다는 기대감에 센터에 계약직으로 들어왔는데 중국어는 한마디도 쓰지 않고 있다며, 김상도 여기서 이러지 말고 도쿄로 가보라고 권유했다. 그녀에게서 처음으로 사람 냄새가 났다. 사실 그녀에게 나는 좀 귀찮은 구직자였을 것이다. 2주 만에 만나도 서로 할 이야기나 새로 소개할 일자리가 없다보니, 일부러 상담자가 많다는 핑계로 일반 창구로 안내된 적도 있었다. 그녀가 잔뜩 가지고 있는 '일본어를 쓰지 않는' 일자리에 내가 손을 들었다면, 나도 돈을 벌고 그 사람도 실적이 올랐을 것이다. 하지만 나에게서 일본어를 빼면 남는 게 없기 때문에 차마 그 자리에 갈 수 없었다.

결국 세 달 간의 상담은 취업 실패로 막을 내렸다. 중간에 면접을 몇 번 갔지만 취업으로는 연결되지 않았다. 그동안 열심히 일해서 일본에 낸 세금을 실업급여로 돌려받은 것에 의의를 두기로 했다.

남편은 마음고생하지 말고 자기와 좋은 곳을 구경한 이야기, 맛있는 음식을 먹은 이야기를 글로 써보라고, 그게 우리 모두가 행복해지는 길이라고 나를 토닥여주었다. 취업 실패에 좌절했을 나를 위해 위로의 말을 건넨 것 같았다. 하지만 사실 나는 큰 타격을 입지 않았다. 현실에 타협하지 않은 것은 나의 선택이었고, 취직 실패가 곧 인생 실패라고 생각하지 않았기 때문이다. 그렇게 단단해진 배경에는 남편의 전폭적인 지지가 있다.

나는 여전히 인구 칠만 명 소도시의 무직 주부다. 이 선택을 후회하지 않는다. 사람이 걷는 길은 다양하고 길을 가는 방법 또한 무궁무진하니까. 자동차를 타고 왔는데 그 끝이 막다른 길이었던 적도 있고, 느긋하게 걸어온 덕분에 바짓단을 걷고 얕은 도랑을 건널 수 있던 적도 있다. 원래부터 내 삶은 불확실의 연속이었다.

지금 이 시간은 나를 단련해줄 것이다. 비록 남들 눈에는 한량처럼, 허송세월을 보내는 것처럼 보일지라도, 내 길을 함께 걸어주고 믿어주는 사람이 한 명이라도 있어 든든하다. 인생은 아직 길고 모로 가도 서울로만 가면 된다.

오늘

무슨 날인지 알아?

매년 3월 1일, 8월 15일 아침마다 하는 일이 있다. "대한 독립 만세"라고 작게 읊조리는 일. 스스로가 한국인이라는 긍지를 잊지 않고자 하는 일이다. 재작년부터는 하나 더 늘었다. 남편에게 오늘 무슨 날인지 아느냐고 묻는 것이다.

광복절, 우리나라에는 독립을 가져다준 날이지만 일본에는 패전의 쓰라린 기억이 있는 날이다. 원폭이 히로시마와 나가사키에 두 차례 떨어지고 일본이 항복했지만, 일본에서는 전쟁의 결과보다 전쟁이 끝났다는 사실에 중점을 두기 때문에 8월 15일은 패전보다는 '종전의 날'이라고 불린다. 동시에

'오본', 일본의 추석이다. 일본인은 오본 기간에 조상들이 집으로 돌아온다고 믿으며, 오이와 가지에 나무젓가락을 꽂아 조상들이 타고 올 말과 소를 만든 뒤 문 앞이나 제단에 놓아둔다. 음식과 꽃을 제단에 올리기도 한다. 남편은 8월 15일은 어느 쪽으로 기억하고 있을까.

"오늘 무슨 날인지 알아?"

처음 물었을 때 시리얼을 입에 떠 넣고 발가락을 까닥거리며 한참 생각하던 남편은 "글쎄?"라고 대답했다. 종전의 날이든 오본이든, 그에게는 평일과 똑같이 출근하는 날이라 시큰둥한 반응을 보였다. 나는 날이란 날은 전부 외우고 기억하는 사람이라 이 남자의 무심함에 내심 놀랐다. 그런 그에게 '오늘은 우리 민족에게 빛이 돌아온 날'이라며 광복절을 알려주었다.

다음 날 다시 한번 물었다. "오늘 무슨 날인 줄 알아?"

"몰라." "광복절 다음 날이야."

그에게 광복절을 각인시키고 말겠다. 그리고 6일 뒤에 또 물었다. "오늘 무슨 날인 줄 알아?"

"몰라." "광복절 지난 지 일주일이야."

반복되는 상황에 피곤해서 그다음 주까지만 하고 그만두었다.

그리고 1년 뒤, 아직 이부자리에 누워 눈을 감고 있는 사람의 귀에 여지없이 속삭였다.

"오늘 무슨 날인 줄 알아?" "해방된 날."

"몰라"라는 대답을 예상하고 던졌는데, 서당개 3년이면 풍월을 읊는다는 게 이런 것일까. 한국인과 3년을 살면 광복절도 알게 된다. 그날 남편은 퇴근 후 유튜브에 광복절을 검색해 영상을 찾아봤다. 정확히 어떤 날인지, 어떤 역사적인 배경이 있는지 알고 싶단다.

한국인인 나와 일본인인 그 사이에는 공유하고 있는 역사가 존재한다. 하지만 학교에서 역사를 가르치는 정보량 자체가 다를뿐더러 같은 사건이라도 다른 관점으로 가르친다. 그래서인지 역사를 주제로 남편과 대화할 때면 남편은 자주 모른다는 반응을 보였다. 하지만 내가 몇 번 역사 이야기를 꺼내고 남편의 의견을 묻자 남편도 흥미를 보이며 자신의 생각을 드러내기 시작했다. 그후로 우리는 밥상머리에서 술을 얼큰하게 들이켜며 한일 양국의 정서나 역사, 정치를 이야기하고 있다. 남편은 원체 중립을 지키는 편이라 무조건 일본이 맞는다고 주장하기보다 내가 말하는 한국의 역사적 관점을 흥미롭게 경청한다. 그래서 한 번도 큰 싸움으로 번진 적은 없다.

그렇지만 역시 일본사람인지라 묘하게 일본을 편들 때가 있어 가끔 나 혼자 열을 받곤 한다.

광복절을 "해방된 날"이라고 말한 날도 어김없이 밥상머리 토크가 이어졌다. 유튜브 영상을 몇 개 시청하고는 광복절 기념식으로 시작해 근현대사까지 거슬러올라갔다. 그렇게 남편과 쉴새없이 떠들다보니 어느새 세 시간이 지나 있었다. 그 시간 동안 공감하고 때로는 반박했으며 끝물에는 두 나라의 앞날을 걱정하는 것으로 마무리지었다.

서로에게 불편할 만한 화제는 꺼내지 않는 한일부부도 있다는데, 나와 남편은 스스럼없이 이야기하는 편이다. 서로 오해한 내용은 풀고, 모르는 내용은 알게 되는 시간이 좋다. 서로의 생각과 서로의 나라를 이해하게 되니 한층 가까워지는데다, 남편과 깊은 대화를 나누고 있다는 만족감도 준다. 대화가 거세져 혈압이 상승하면 저혈압 치료에 도움이 되기도 하고.

나와 만나기 전에는 한국에 별반 관심이 없었던 그가 와이프 나라라고 이렇게나 흥미를 갖는 모습을 보면 흐뭇하고 기특하다. 외교가 별거인가 이게 외교지. 콧김을 흥흥 뿜으며 어깨를 으쓱한다.

또거운 박구석 응원전

밖은 차가운 바람이 쌩쌩 부는데, 우리집은 후끈 달아올라 있었다. 카타르에서 열린 아시안컵 덕분이었다. 도쿄 올림픽과 WBC, 항저우 아시안게임을 거치며 우리는 같이 스포츠 경기를 보는 재미에 흠뻑 빠졌다. 야구 한일전을 보던 때와 우리 관계는 달라졌지만 각자의 나라를 응원하는 열정만큼은 변함 없었다. 한국이 이기면 두 배로 기쁘고 지면 두 배로 분해서 나는 목이 살짝 쉴 정도로 열렬히 응원하곤 했다. 남편도 마찬가지였다. 서로 지지 않으려고 목이 터져라 응원하는 것이 우리만의 밈meme이 되었다.

"어떡해! 벌써 십오 분이나 지났어."

〈솔로지옥 3〉에 정신이 팔려 일본과 이라크 축구경기를 완전히 까먹고 있었다. 남편은 이라크 상대로 무슨 일이 있었겠냐며 자신만만하게 TV를 켰다가 뒤통수를 맞았다. 점수는 1 대 0, 이라크가 앞서고 있었다. 지난 한국과 이라크 축구 평가전이 생각나서 남편을 살짝 놀렸다.

"지난번에 한국이 이라크를 1 대 0으로 이겼으니까 오늘은 일본이 지지 않을까?"

남편은 말도 안 되는 소리라며 곧바로 반박했지만 금세 풀이 죽었다. 일본선수들이 비집고 들어갈 틈이 없을 정도로 이라크 대표팀이 잘 뛰었기 때문이다. 그래도 남편은 일본의 승리를 꿋꿋이 빌었다. 반대로 나는 이라크의 대승을 기원했다. 우리가 이긴 이라크에 일본이 지면, 우리가 일본을 이긴 게 아닌가 하는 삼단논법이 깔려 있었다. 눈으로는 TV를 좇고 입에는 소고기를 넣으며 각자 팀을 열심히 응원했다. 결과는 2 대 1, 이라크가 이겼다. 평생 이토록 열정적으로 이라크를 응원해본 적 없던 나는 소원을 성취하고 남편은 그냥 소고기를 맛있게 먹은 사람이 되었다.

연애할 때는 일본을 열렬히 응원하는 남편에게 그렇게 서운해했으면서 막상 결혼하고 나자 나는 일본의 패배를 빌었다. 남편은 한국이 지기를 바라면 안 되고, 나는 일본이 지기를 바라도 된다는 게 내가 봐도 이상하지만 한국인의 본능은 어쩔 수가 없나보다. 일본 국가대표팀이 승리하는 광경을 지켜볼 때면 사촌이 땅을 산 것처럼 배가 아프달까? 그래서 카타르 월드컵 때는 임시 코스타리카인, 명예 크로아티아인이 되었다가 아시아컵에서는 단기직 이라크인이 되어 초면인 사람들을 응원했다.

일본-이라크 경기 다음 날, 한국과 요르단 전이 열렸다. 전날 너무 놀린 탓인지 남편은 "요르단 파이팅"을 연신 외쳤다. 일본은 졌는데 한국만 이기는 건 배가 아프단다. 그 말에 괜히 더 놀리고 싶었다.

"그래도 속으로는 한국 응원하지?"

"아니, 오늘은 요르단의 기쁨이 곧 나의 기쁨이야. 힘내라, 요르단!"

은근슬쩍 떠보는 말에 쉽게 넘어오지 않는 척하더니 남편은 후반전 즈음부터 완전히 한국 편이었다. 손흥민 선수가 공을 몰면 자세를 고쳐 않고, 황희찬 선수는 일본선수 도안 리쓰를 닮았다고 말했다. 콘셉트가 바뀌었냐고, 왜 한국을 응원하고 있냐고 그에게 한마디하려다 말았다. 이미 한국 팀에 스며

들고 있는 사람한테 굳이 현실을 자각하게 할 필요는 없다. 그렇게 빨간색 티셔츠를 입고 나와 같이 붉은악마의 길을 걷는 거야. 나는 남편 나라를 응원하지도 않으면서 남편은 우리나라를 응원해주길 바라는 놀부 심보였다. 마지막에는 두 사람이 힘을 합쳐 한 팀을 응원했지만 아쉽게도 결과는 2 대 2 무승부였다. 전반전에는 서로 다른 팀에게 파이팅을 외친 탓이려나. 결과는 아쉬웠지만 나름의 수확도 있었다. 후반전부터는 한마음 한뜻으로 우리나라를 응원했다는 것이다.

다음 경기 땐 나도 파란색 티셔츠를 입고 당신과 같은 편에서 일본을 응원할게. 남편에게는 안 들리게 조용히 속삭였다. 나를 위해 늘 한 발 물러나는 남편, 그를 위해 다음번엔 나도 양보해보지, 뭐.

우리의 장례희망

결혼 후 처음 맞이한 명절은 오본이었다. 일본은 며느리들이 시댁에 가도 손님처럼 있다가 온다고 들었는데 정말 그럴까? 마음 불편해서 앉아만 있을 수 있을까? 시월드에 대한 두려움보다 궁금함이 더 컸었다. 오본에는 언제 본가에 갈 거냐고 묻는 내게 남편이 대답했다.

"우리 가족은 오본 때 딱히 안 모이는데."

남편의 한마디에 김이 샜다. 가정을 꾸리면 일본의 설날인 '오쇼가쓰'와 오본에 당연히 배우자와 함께 부모님을 찾아뵙는다고 생각했는데 집집마다 조금씩 다른가보다. 그러고 보니 회사 동료들이 올해는 본가에 갔다, 올해는 안 갔다, 그런 이야기를 했던 것도 같고.

시댁에는 가지 않았지만 연휴 주말에 성묘를 다녀왔다. 남편이 할머니 묘에 성묘를 다녀오자고 제안했었기 때문이다. 집에서 차로 삼십 분 떨어진 절에 묘지가 마련되어 있었다. 절 입구에서 향을 사고 나무 양동이와 대나무 국자를 빌린 후 양동이에 물을 받아 시할머니 묘로 향했다. 성씨가 적힌 묘들이 빽빽하게 들어찬 모습을 보고 걸으니 마치 다른 세계로 빨려 들어가는 듯한 착각이 들었다. 가족묘가 일반적인 일본 장례문화에 익숙하지 않은 탓이려나. 게다가 그날따라 하늘이 흐려서 분위기가 을씨년스러웠다. 내 앞을 걸어가는 건 정말 내 남편일까, 남편으로 둔갑한 여우가 아닐까.

"여기야." 쓸데없는 상상을 하는 사이, 할머니의 묘소 앞에 발길을 멈춘 남편은 대나무 국자로 양동이에서 물을 퍼 묘석에 뿌리고 향을 피웠다. 누가 먼저 왔다간 듯 화병에는 새 국화가 놓여 있었다. 묘석에 물을 뿌리고 시든 꽃을 정리하는 것이 한국에서 벌초를 하고 묘비를 닦는 모습과 흡사했다. 선조의 묘를 대하는 마음은 어디든 똑같구나.

"할머니, 조금 더 빨리 데려왔어야 하는데. 제 아내예요."

한참 장례문화의 차이를 비교하고 있는데 남편이 별안간

드라마 대사 같은 말을 읊었다. 낯간지러운 소리를 다 하네, 하면서도 분위기에 이끌려 나도 모르게 묘석에 고개를 꾸벅 숙여 인사했다. 묘석에는 가족들의 이름과 함께 법명法名이 적혀 있었다. 앞에서부터 찬찬히 읽어보는데 이상한 점이 눈에 띄었다. 제일 앞에 새겨진 여성의 이름 아래에 '향년 이십칠 세'라고 쓰여 있던 것이다. 남편 친가에서 타계하신 여성분은 시할머니뿐인 줄 알았는데.

"할머니는 재작년에 돌아가신 거 아니었어? 그런데 왜 향년 이십칠 세라고……."

"아, 그거는 우리 숙모셔. 사촌동생을 낳고 얼마 안 있어 돌아가셨거든."

일본에서 여자는 출가외인, 결혼하면 남편의 성을 따른다. 그런데 사후에도 남편 가문의 묘지에 같이 묻혀야 한다니. 일본은 보통 가족묘를 조성하여 한 공간에 가족들의 유골 단지를 함께 안치하고 묘석에 가족들의 이름을 새긴다. 그래서 젊은 나이에 세상을 떠난 시숙모도 결혼 기간은 짧았지만 결혼했다는 이유만으로 남편의 가족묘에서 홀로 30년 넘게 계셨던 것이다. 일본 며느리들은 전은 안 부치지만 사후 세계에서는 시댁에 묶이는구나. 이름부터 장례까지 곳곳에 남아 있는

가부장제를 실감하며 나도 모르게 입이 조금 벌어졌다.

내가 죽으면 어디에 묻히고 싶다고 생각해본 적은 없었다. 죽음은 한참 먼 이야기라고 믿고 있었기 때문이다. 그런데 시할머니와 시숙모의 묘에서 처음 접한 장례문화에 살짝 뒤숭숭해졌다. 어차피 죽고 나면 상황이 어찌 흘러가는지 알 수 없지만, 내 의사와 상관없이 서먹서먹한 남편 가족들과 한자리에 묻힐 수도 있다니. 경건한 마음으로 성묘를 왔는데 어느새마음 한구석에 불안이 들어찼다. 세상을 뜰 즈음엔 일본문화에 무뎌져서 대수롭지 않게 넘길 수도 있겠다고 애써 감정을 누르고 있는데 까마귀가 눈치 없이 울어젖힌다. 으스스한 느낌이 들어 팔짱을 끼는데 바람이 불어 머리칼까지 쭈뼛 섰다. 아, 맑은 날에 올걸.

결혼이 두 사람의 결합을 넘어서는 일이라는 사실을 새삼 다양한 방면으로 깨닫는다.

"만약에 해외에서 살면 어떨 것 같아? 한국이라든가."

"음, 먹고살 걱정만 없다면 괜찮아. 오히려 재미있을 것 같고."

"그럼 예를 들어, 한국에서 천수를 누리다가 임종을 맞았다고 치자. 나는 꼭 일본에 묻혀야지, 그런 생각해?"

"딱히 없는데?"

돌아가는 차 안에서 남편의 장래희망, 아니 '장례희망'을 넌지시 물었다. 장소는 별로 상관없다는 말이 듣던 중 반가운 소리다. 긴 타지생활로 이곳에서 먹고살고 일하고 행정 처리하는 것에는 익숙해졌지만 아직도 난 이 나라에 대해 모르는 게 수두룩하다. 특히 일본의 신앙이나 사후 세계관 같은 개념은 여전히 낯설기만 하다. 그들이 대대로 지켜온 문화와 관습을 부정할 생각은 추호도 없지만, 남편 가족묘에 묻히는 것은 지금으로서는 얼떨떨할 뿐이다.

먼 미래라고 믿고 싶지만 언젠가 죽음은 우리를 찾아올 것이다. 나와 남편 중 누가 먼저일지는 알 수 없지만, 혼자 남은 사람은 수십 년의 추억을 껴안은 채 매일같이 눈물짓겠지. 상상만으로도 가슴이 옥죈다. 그날이 오더라도 남겨진 사람이 덜 힘들고 덜 외롭도록, 눈물을 꾹 참고 남편과 서로의 장례희망을 더 깊이 이야기해봐야겠다. 할 수 있는 만큼 오래, 건강하게 살자는 우리의 장례희망과 함께.

카드의 집

"비싼 거니까 잘 다려서 입혀."

남편이 본가에 두고 간 와이셔츠, 유통기한이 한 달도 남지 않은 냉동 아스파라거스 한 봉지, 언제 얼렸는지 알 수 없는 냉동 버섯, 남편 작은아버지가 주고 가셨다는 우동 면. 시어머니 손에서 내 손으로 건너온 것들이다. 두 손 가득 가져오신 것에 감사하지만 우리 아들 옷 입히고 밥 해주라는 것으로 느껴졌다. 나를 위해 주신다고는 생각되지 않았다.

전날 밤 시어머니에게서 전화가 왔다. 지인과 서울로 여행을 가는데 내게 물어보고 싶은 것이 있다며 내일 우리집에 오겠다고 하셨다. 둘만 남았을 때는 내게 상처주는 말을 하면서, 남편과 같이 있을 때는 나와 눈도 마주치지 않는 시어머니. 그러면서도 틈틈이 남편에게 내가 일을 하는지 안 하는지 확인했다. 그때마다 남편은 글을 열심히 쓰고 있다고 답했고, 시어머니는 "그래도 벌이는 있나보네"라고 중얼거렸다고 한다. 게다가 시어머니는 나를 만날 때마다 "나중에 시부모를 모시는 건 며느리 몫이지" 하고 내게 노후를 맡겨둔 양 말하곤 했다. 시어머니와는 이런 기억밖에 없지만 얼떨결에 내일 오시라고 대답하고 말했다. 전화를 끊고 나서야 눈에 들어온 집안 꼴은 간담을 서늘하게 했다.

아침 일곱 시부터 바닥, 싱크대, 욕실, 하다못해 쓰레기통 뚜껑까지, 시선이 닿을 만한 곳은 전부 쓸고 닦았다. 시어머니가 꼬투리를 잡을지도 모른다는 생각뿐이었다. 다섯 시간을 땀에 절어 청소하며 절절매는 스스로가 조금 한심해 보였다.

어머니가 오시기 전에 우리가 시댁에 가겠다고 전화했더니 "우리집은 아버지가 시끄럽잖니. 나는 그냥 차분히 앉아 너한테 이것저것 묻고 싶을 뿐이니 대접하지 않아도 돼"라고 했다. 하지만 시어머니는 우리집 현관문을 열고 내게 물건들을 건네자마자 에어컨을 켜라, 메모하게 종이와 펜을 가져와라,

하며 연신 나에게 이것저것 요구했다. 굳이 맨발로 발코니에 나가 담배를 태우겠다고 고집을 부리셔서 슬리퍼를 가지러 현관으로 뛰어가기까지 했다.

알고 보니 시어머니는 여행 일정을 처음부터 끝까지 세워 달라고 나를 찾아왔던 것이다. 시어머니는 가방을 한참 뒤적이더니 적어둔 메모를 집에 두고 왔다면서 기억나는 대로 여행지를 불러주었다. 잠자코 들어보니 그곳은 TV에 나왔던 한국 관광명소들이었고, 정해진 것은 비행기표와 호텔뿐이었다. 차라리 처음부터 여행 준비를 도와달라고 부탁하시지. 울며 겨자 먹기로 핸드폰에 검색해 계획을 세우는 내내 시어머니의 따가운 시선이 느껴져 뒤통수가 얼얼했다.

시어머니는 여행을 불안해했다. 공항버스에서 내려서 호텔까지 가는 길, 지하철표 사는 법, 화폐 단위, 유명 관광지까지 가는 법. 한국여행 가이드북에 다 나오는 내용이지만, 시어머니는 중고서점 한 군데를 둘러봤었는데 마땅한 책이 없었다고 푸념했다. "대만은 여행상품이 많던데 왜 한국에는 그런 게 없다니" 하고 투덜거리는 것을 겨우 달래가며 여행 계획을 세워줬다. 우리 엄마가 그랬더라면 한소리 했을 텐데 이날따라 입이 떨어지질 않았다.

시어머니와 함께 가는 지인은 서울에 한 번 다녀왔었지만 그때는 딸들이 앞장서서 어디 갔는지를 잘 모른단다. 그래서 우리 아들 부부가 한국에 간 적이 있으니 물어보고 오겠다고 공수표부터 날려놓고 나를 들들 볶은 것이다. 시어머니는 결국 네 시간을 내리 앉아 계시다 남편이 오고 나서야 급히 가방을 싸서 돌아가셨다. 아들, 밥 먹고 쉬라며. 나를 쥐락펴락한 그 네 시간 동안 '코로나 때문에 아직 사돈어른들을 한 번도 뵙지 못했는데 도통 시간이 안 되네. 죄송해서 어쩌니' 같은 말은 단 한마디도 없었다.

솔직히 나는 시댁이 불편했다. 결혼할 때만 해도 이렇게 될 줄 몰랐다. 타지에서 홀로 살면서 나이든 어른에게 온정을 느끼거나 지혜를 구할 수 없었던 나는 물이 쑥쑥 빠지는 모래밭에 뿌리내린 나무 같았다. 부모님은 여전히 나를 사랑하지만 물리적으로 거리가 너무 멀었다. 그렇게 10년을 기댈 곳 하나 없이 살다가 일본에 내 가족이 생기니 이 척박한 땅에 내 편이 생긴 기분이었다. 결혼 전 시댁을 만났을 때 느꼈던 미묘함은 그저 '시월드'에 대한 선입견 때문이라고 생각하며 가볍게 넘겼다. 처음이라 어색하지 내가 살갑게 굴다보면 잘 지낼 수 있을 것이라고 믿었다. 그래서 일본에서는 보통 결혼 후에는 자식과 부모가 한국만큼 가깝게 지내지 않는다는 것을 알면서도 결혼 초반에는 일주일에 한 번꼴로 시댁에 갔다. 내가 먼저 가족들에게 다가가면 금방 가족으로 받아들여질 줄 알았다. 그러나 이 집안에는 이미 각자의 역할이 정해져 있었다.

시어머니는 결혼 후에도 자신의 고집대로 아들을 휘두르고 싶어했다. 그러면서도 세간에서 말하는 나쁜 시어머니는 되고 싶지 않았는지 나에게 직접적으로 이래라저래라 하지는 않았다. 하지만 남편을 조종해 시어머니가 원하는 것을 내가 들어줄 수밖에 없게끔 유도했다.

"아, 아…… 일본에서는 신정에 남의 집 가는 거 아니야."

일본에서는 자녀가 독립하면 남이 된다는 논리를 꺼내며 시댁에 오지 말라고 말했다. 시어머니는 말까지 더듬으며 일본의 상식을 열변했지만, 실상은 우리 부부를 맞이하는 게 귀찮아서 지어낸 핑계였다. 일본에서도 자녀가 연말연시에 부모님을 찾아간다는 사실쯤은 모두가 아는 상식이었다. 그런데도 시어머니는 효도하는 마음으로 얼굴을 비추겠다는 나를 몰상식한 사람으로 취급했다.

그러더니 돌연 태도를 바꿔 신정 때 시누이와 그녀의 남자 친구가 오면 우리 부부가 차를 몰아 곤약 테마파크에 데려가란다. 고속도로를 타도 한 시간은 족히 걸리는 거리인데도, 시어머니는 그것이 당연하다는 듯 명령조로 말했다. 아까까진

남이라며 선을 긋더니만 갑자기 우리를 가족이라고 하면서 우리에게 시누이를 접대하라고 하는 모습에 말문이 막혔다. 그 과정에서 상처받는 사람은 나였다. 나는 여기서도 선이 그 어져 또다시 열외인간이 되었다. 시어머니는 마치 며느리를 견제하고 가족 내에서 위치를 보전하려는 '퀸' 같았다.

그런 퀸을 만든 것은 '킹'이었다. 젊었을 적 소위 가부장적인 아버지였던 시아버지는 자신의 일 이외에는 무관심으로 일관했다. 아버지로서 한마디할 때도 있었지만 별 효과가 없었다. 어머니에게 주도권을 빼앗겨 목소리를 낼 힘이 사라진 것인지, 일일이 나서기 귀찮았던 것인지 멀리서 상황을 지켜보기만 했다. 그 모습에서 나는 은퇴한 킹을 떠올렸다.

도쿄에 사는 시누이는 '조커'다. 항상 갑자기 나타나 판을 뒤흔드는 조커. 그녀는 아쉬울 때에만 남편에게 연락했다. 특히 시부모님 댁에 남자친구를 데려갈 때면 꼭 남편에게 전화를 걸어 집에 오라고 불렀다. 본인들만 있기는 불편하지만 점수는 따고 싶으니까 오빠가 부모님을 상대하라고 그 자리에 부른 것이다. 남편에게서 '동생한테 연락이 왔는데'라는 말만 들으면 나도 모르게 눈살이 찌푸려졌다. 시누이는 남편에게 부탁하는 게 아니라 늘 통보했고 남편과 같이 갈 나에게는 그런 연락조차 없었기 때문이다. 그녀가 나를 어떻게 생각하는지는 알 수 없지만, 여태껏 그녀가 나를 '새언니'라고 부른 적이 없는 걸로 보아, 오빠를 부르면 저절로 따라오는 사람, 내지는 투명인간으로 생각하지 않을까 짐작한다.

남편은 그들 아래에서 손이 발이 되게 뛰어다니는 '잭'이 었다. 그럼 나는 그들에게 어떤 카드일까. 가장 약하고 특징 없는 '클로버 2'일지도 모르겠다. 그들에게 있어 나는 잭에게 딸려온 며느리이자 오빠 부인이었다. 한국보다 정서적으로 거리를 두는 일본 가족문화를 고려하더라도 나는 이들의 가족에 속해 있다는 느낌을 받을 수 없었다.

나에 대한 견제와 무관심, 무시는 굴러들어온 돌을 경계하는 것이라고 여겼다. 그런데 왜 남편한테도 차갑게 구는지는 늘 의문이었다. 남편은 전혀 신경쓰지 않았지만, 나는 우리가 그런 취급을 받는 것이 불편했다. 그들에게는 고작 잭이고 클로버 2라고 해도 우리는 독립해 한 가정을 이루었다. 하지만 시댁은 우리 가정을 인정하지 않고 시종일관 그들의 아래에 두려고 했다. 남이라면서 남보다도 못한 존재들처럼 대했다.

그런 모습은 우리 부부가 처음 한국에 부모님을 뵈러 갈 때 가장 도드라졌다. 코로나로 인해 결혼 후 반년도 더 지나서야 친정에 갈 수 있었다. 우리가 한국에 간다고 하니 시어머니는 우리 부모님께 선물을 드리겠다고 이야기를 꺼냈다. 나는 서로 부담스러울 수 있으니 준비하지 않으셔도 괜찮다고 말했다. 그랬더니 시어머니는 일본법도에 따라 시댁이 친정에 선물을 보내야 한다며 선물을 꼭 준비하겠다고 답하셨다. 그런데 몇 주 후 시어머니가 남편에게 "한국사람들이 뭘 먹는지 모르겠어. 대체 뭘 사야 하냐"라며 투덜대는 걸 들었다. 남편은 스피커폰으로 전화를 받고 있었다.

"어머님, 저희 부모님은 약주를 좋아하시니 사케 한 병이랑 선물용으로 파는 안주세트는 어떨까요?"

"어? 너도 있었니?"

보다 못한 내가 말을 걸자 시어머니는 민망한 웃음으로 얼버무렸다. 아들의 장인어른과 장모님을 '한국사람들'이라 칭하고 '드시다'가 아닌 '먹다'라는 단어를 선택한 것에 기분이 상했지만 어쩌다 말이 쉽게 나왔겠거니, 그래도 민망해하시니까 하며 꾹 눌러 담았다.

며칠 뒤 시댁에 갔더니 선물용 과자상자 하나와 동네 슈퍼에서 파는 마른안주 몇 개를 비닐봉지에 담아주셨다. 사케는 없었다. 과자는 시어머니가 당신 퇴직할 때 직장 동료들에게 건넨 것보다 성의 없었다. 이게 일본법도라는 건가, 이런 걸 들고 가면 당신 아들을 어떻게 생각할지 헤아려보셨을까, 머릿속이 복잡해졌다. 오죽하면 남편도 이런 거 말고 백화점에서 파는 선물 있잖아, 라며 한숨을 쉬었다.

전혀 선물로 보이지 않는 비닐봉지를 들고 나오는데 시어머니가 한국에서 당신 선물을 사오라며 돈을 주었다. "난 안티에이징화장품이 좋더라" 하고 덧붙이면서. 시어머니가 건넨 돈은 우리 부모님께 드리라고 준 것들을 다 합친 가격보다 큰 돈이었다. 집에 오는 길에 손이 부들부들 떨렸다. 혹시 이 선물이 부족한 것 같으면 좀더 사 가라고 돈을 보태신 건 아닐까 이해해보려 했지만 도무지 좋게 받아들이기 힘들었다. 그날 처음으로 덮어두었던 내 감정을 남편에게 모조리 털어놓았다. 남편은 고개를 들지 못했다.

한국에서 일본으로 돌아와 시댁에 갔을 때, 사돈댁 마음에 드시게 잘하고 왔냐는 시아버지의 말에 대답할 새도 없이 시어머니가 말을 뚝 끊어버렸다. 결혼했는데 무슨 그런 걸 따지냐며. 남편을 어떻게 생각하는지는 우리 부모님 몫이지, 시어머니가 이렇다저렇다 할 부분은 아닌데…… 감정이 북받쳐올랐다. 우리 부모님이 챙겨준 선물에도 감사하다는 말 한마디 없었다. 그저 부리나케 당신 선물만 챙겨 방으로 쏙 올라갔을 뿐이다. 지난번 전화에서 애써 모른 척했던 사실, 시어머니가 우리 부모님에게 무례하게 군다고 생각했던 것이 맞았다.

나와 시댁은 남편이라는 스카치테이프로 붙여둔 관계 같

앉다. 지금 테이프로 합쳐져 있지만 본래부터 별개로 존재하던, 언제 떨어질지 모를 아슬아슬한 사이. 한 가족이 되었다는 것은 쉽게 대해도 된다는 뜻이 아닌데, 나는 결혼과 동시에 클로버 2가 되었다.

오랫동안 혼자 속앓이하면서도 며느리로서 할 도리를 다했다. 결혼하면 시부모에게 잘해야 한다는 생각 때문이었다. 그래서 시댁에서 받은 상처를 외면하며 안부 인사도 드리고 시댁에 갈 때면 그들 앞에서 상냥한 웃음을 지어 보였다. 하지만 나와 나의 부모, 그리고 그들의 자식이자 나의 새로운 가족인 남편까지 업신여기는 그들에게 더이상 잘할 수 없겠다는 결론을 내렸다. 처음에는 남편에게 가족들이 불편하다는 말을 쉽사리 꺼내지 못했다. 입장을 바꿔 생각해보면 남편이 우리 부모님에 대해 이러쿵저러쿵하는 것과 다름없기 때문이다. 그러나 시간이 지날수록 나만 참고 넘겨서 될 일이 아니라는 것이 명확해졌다.

우리 부부는 이 관계를 잘 해결하기 위해 수도 없이 대화를 나누었다. 그사이에도 나는 계속 시가족들에게 상처를 받았고 남편의 대처가 그 상처를 더 벌리기도 했다. "가족들이 입이 좀 거칠고 생각이 없어서 그렇지, 일부러 나쁘게 구는 것은 아니야." 그 말은 전혀 위로가 되지 않았고 오히려 화를 더

돋우었다. 의도가 나쁘지 않다면 누군가에게 상처를 줘도 된다는 말인가, 아무런 자각 없이 말로 사람을 찌른 것도 문제이지 않나, 의문이 꼬리에 꼬리를 물고 이어졌다.

언성이 높아져 며칠 동안 남편과 말을 섞지 않기도 했다. 그래도 남편은 늘 나의 감정에 귀기울였고 점점 나를 이해하기 시작했다. 가족들과는 되도록 덜 만나고 싶다는 내 말에도 응해주었다. 하지만 가족들이 연락을 해오면 남편은 속수무책으로 약해졌다. 남편이 중간에서 중재해주기를 바랐지만 그는 그러지 못했다. 그런 와중에 시어머니가 우리집에 와서 그간 힘들게 묻어두었던 기억들을 들추었다. 하루에도 몇 번씩 울화가 치밀었고 온종일 누워서 게임만 했다. 아무것도 하기 싫고 모든 것이 부질없이 느껴졌다.

분노의 원인은 우리가 아니다. 그러니 서로에게 상처를 주며 아파하기보다 어떻게 하면 갈등을 풀고 행복하게 살 수 있을지 함께 고민해야 한다. 그러나 이미 걷잡을 수 없이 커진 분노는 잠잠해지지 않았고 서로를 향해 불붙은 활시위를 겨누고 있었다. 우리를 이렇게 만든 이들은 오늘도 아주 안온한 하루를 살아가고 있는데도.

손을 뻗은 것같이 새싹이 하늘 높이 올라오고 있는 완두

순, 햇볕을 받아 기분좋게 윤기를 띠고 있는 다육식물들, 선선해진 바람, 푸른 하늘, 옅게 감도는 가을 냄새, 사소한 일에도 터져나오고 말던 두 사람의 웃음 가득한 공간. 이 좋은 순간들, 이 좋은 계절을 나는 다 놓치고 있었다. 무언가 대책이 필요했다.

마늘 커뮤니티 데이

우리집에서는 정기적으로 '마늘 커뮤니티 데이'가 열린다. 마늘 한 망을 사다 한꺼번에 다져 얼리는 행사다. 커뮤니티 데이라는 이름은 '포켓몬 GO'라는 게임에서 특정 캐릭터가 대량 발생되는 이벤트에서 따왔다. 포켓몬 GO의 커뮤니티 데이처럼 집에 마늘이 대량 등장한다면서 남편이 마늘 커뮤니티 데이라고 부르기 시작했다.

마늘 커뮤니티 데이는 냉동실의 다진마늘이 바닥을 드러낼 즈음 열린다. 그 기간은 3-4개월에 한 번꼴로 돌아오는 것 같다. 마늘 한 망이라 해봤자 마늘 스무 개 정도지만 내게는 김장처럼 중요한 이벤트다. 바닥에 몸을 웅크리고 앉아, 물에 불려놓았는데도 껍질이 딱 달라붙어 있는 마늘을 까고 있으면 손이 시리고 온몸이 저릿저릿하다. 가끔 한 번씩 몸을 이리 비틀었다 저리 비틀었다 하며 뻐근함을 풀긴 하지만 다 끝내고 자리에서 일어나면 몸이 그렇게나 찌뿌둥하다. 여간 귀찮은 일이 아니지만 그만둘 수가 없다. 일본 마트에도 다진마늘을 팔지만 죄다 조미료로 간을 해놓은 것뿐이라 입에 잘 맞지 않는다. 게다가 내 몸은 무슨 요리를 하든 다진마늘을 넣으라 아우성치니 마늘 커뮤니티 데이는 자연스레 정기 행사가 되었다.

아무래도 이 이상한 집착은 단군 할아버지에게서 비롯된 듯싶다. 쑥과 마늘로 사람이 된 곰의 아들 단군을 시조로 하고 있으니 DNA에 마늘에 대한 집착과 욕망이 새겨지지 않고 배기겠는가. 오죽하면 우리집에서는 일본식 어묵탕을 만들 때에도 다진마늘을 넣는다. 처음엔 그런 건 어묵탕이 아니라며 미간을 찌푸리던 남편은 결국 어묵과 다진마늘의 칼칼하고 진한 조합에 완전히 길들여졌다. 마늘에 툴툴대던 사람이 이제는 라면 물이 끓자마자 냄비에 마늘부터 넣을 정도로 마늘맛에 단련되기를 넘어 마늘 친화적인 입맛으로 변했다. 덕분에 남편은 마늘 커뮤니티 데이에 아주 협조적이다. 손이 하나라도 더 있어서 감사하다.

"이번 주에는 마늘 커뮤니티 데이가 있을 예정이야."

내가 주중에 선전포고를 하면 남편은 결연한 얼굴로 전의를 다진다. 그의 주종목은 껍질 까기와 다지기. 내가 미리 물에 불려놓은 마늘의 꼭지를 썰어 그릇에 넣어두면, 남편이 핸드폰으로 노동요를 틀고 그릇 앞에 앉는다. 햄스터가 해바라기씨를 까듯 나와 남편이 머리를 맞대고 열심히 마늘 껍질을 벗긴다. 깐마늘이 어느 정도 쌓이면 남편은 채소다지기에 깐마늘을 넣고 힘차게 손잡이를 당긴다. 남편이 팔운동을 몇 번 반복하면 채소다지기에 마늘이 곱게 다져져 있다. 그러면 나는 다진마늘을 숟가락으로 끌어모아 지퍼백에 넣고 젓가락으로 칸을 나누어 냉동실에 얼려둔다. 그렇게 마늘 커뮤니티 데이의 전반전이 마무리된다.

곧바로 후반전, 마늘 커뮤니티 데이의 보상이 시작된다. 김장으로 허기진 배를 김장김치와 굴, 수육, 막걸리로 채우듯 우리는 마늘을 활용한 음식을 요리해 먹는다. 조금 남겨둔 마늘을 쫑쫑 썰어 감바스알아히요를 만들거나, 돼지고기와 마늘을 구워 소주와 함께 털어넣는다. 가끔가다 전기밥솥에 삼겹살, 파, 양파, 배춧잎, 통마늘을 넣어 수육을 만들기도 한다. 한 번은 기분을 제대로 내보겠다고 김치까지 담가서 전기밥솥 수육에 곁들여 먹었다가 다음 날 바로 몸살이 났다.

마늘 DNA가 새겨진 한국인과 마늘을 사랑하게 된 일본인이 마늘을 원 없이 다지는 날이면 온 집 안에 알싸한 냄새가 풍긴다. 이것도 마늘 커뮤니티 데이의 보상이라면 보상이다. 남편과 바닥에 앉아 노동요를 신나게 따라 부르고 수다를 떨며 마늘을 까고 다지는 시간, 마늘이 가득 들어간 음식을 나누어 먹는 시간이 즐겁다. 그렇지만 일본 마트에도 한국의 다진마늘이 들어왔으면 좋겠다. 즐겁긴 하지만 그래도 기왕이면 품을 안 들이고 먹는 게 좋으니까. 일본생활 14년째 이 소원은 이뤄지지 않았고 앞으로도 이루어지지 않을 것이란 것도 잘 알고 있다. 한국에 단군의 자손이 오천만 명이나 있는데 열도에 나누어줄 물량을 만들기는 쉽지 않을 테다. 목마른 놈이 우물을 판다고, 나는 이번 주말에 또다시 마늘 커뮤니티 데이를 계획 중이다. 내일 마트에 가서 중국산 마늘 한 망 사와야겠다. 일본 마늘은 비싸고 스페인 마늘은 익숙한 마늘맛이 나지 않을 것 같다. 남은 선택지는 중국산 마늘뿐. 한국 마늘보다 덜 맵고 향이 약해 아쉽긴 하지만 그 아쉬움은 커뮤니티 데이의 후반전에 마늘을 큼지막하게 썰어넣은 닭똥집볶음과 알싸한 소주로 달래보련다. 상상만 해도 입맛이 싹 돈다.

일본생활이 길어질수록 한국에 갈 때마다 달라져 있는 풍경을 보면, 내가 한국말은 잘하지만 한국은 잘 모르는 바보가 된 기분이 든다. 하지만 입맛만큼은 여전히 단군의 자손이다. 심지어 그 입맛을, 그 사랑을 일본에도 전파 중이고.

마늘이 무섭긴 무섭다.

빛 좋은 개살구,
빛 좋은 불효자

일본에 온 지도 벌써 10년이 넘었다. 강산도 한 번 변했을 시간 동안 부모님이 일본에 오신 건 단 한 번뿐이다. 내가 일본에 온 첫해, 3박 4일 머무른 게 전부다.

부모님이 처음 일본에 오신 날, 공항에 마중나가지도 못했다. 일본의 첫 직장에 입사한 지 2개월 차, 뒤늦게 얻은 일자리라 연말 휴가도 자진 반납하고 출근한 탓이었다. 부모님한테 상황을 대충 설명한 후, 하네다공항에서 집 앞 역까지 오는 법과 내 핸드폰 번호를 큼지막하게 써서 메일을 보냈다. 어떻게 오는지 잘 모르겠으면 전화하라는 말과 함께.

당시 아빠는 오십대 중반이라 지금보다 겁도 없고 총기어렸다. 걱정 붙들어 매라는 아빠의 답장처럼 우리는 약속 장소에서 무사히 만났다. 부모님은 온갖 짐들을 이고 지고 계셨다. 집에 도착해 짐을 열어보니 잡다한 생활용품들부터 접이식 테이블, 플라스틱 서랍장까지 모두 내 생활에 보탬이 될 만한 짐들이었다.

"너네 집엔 아무것도 없냐. 가져오길 잘했지?"

"여기서 사면 되는데 왜 무겁게 가져왔어."

한국에서부터 힘겹게 들고 왔을 모습이 생생해 고맙다는 말보다 타박이 먼저 나왔다. 내 마음을 아는지 모르는지 엄마 아빠는 내 말에 전혀 개의치 않아 보였다. 오히려 득의양양한 미소를 지으며 각자 할일을 했다. 아빠는 서랍장을 조립하고 엄마는 종이박스에 아무렇게나 담겨 있던 옷들을 차곡차곡 개켜 아빠가 조립한 서랍장에 넣었다. 부모님은 일본에 있는 내내 똑같았다. 단칸방에 처박혀 회사 노트북과 씨름하는 딸을 위해 계속 움직였다. 어디 가자는 말도 안 했다. 부모님과 같이 간 곳이라고는 엎어지면 코 닿을 거리에 있는 동네 마트와 로프트(LOFT) 잡화점뿐이었다. 그곳에서도 내게 필요할 만한 물건들과 식재료를 사 왔고, 집에 돌아오자마자 아빠는 세탁기 위에 압축봉 선반을 달고, 엄마는 집밥을 만들었다. 끼니마다 따뜻한 밥을 챙겨 먹이고 살기 편하라고 이것저것 해주셨다. 한국으로 돌아가기 전날, 우에노 주변을 산책하면서 붕어빵을 사 먹은 것이 두 분의 첫 해외여행에서 '여행'이라 부를 만한 전부였다.

부모님이 한국으로 돌아가는 날. 모노레일을 타고 공항으로 가며 하나뿐인 자식을 만나러 비행기까지 타고 온 부모님께 죄송했다. 도쿄 관광지라도 같이 가볼걸, 하고 싱숭생숭한 마음을 붙잡고 있는데, 엄마가 방긋방긋 웃으며 내 얼굴을 뚫어져라 쳐다보았다. 민망하게 왜 자꾸 쳐다보냐고 물었더니 우리 딸 또 언제 볼지 모르니까 지금 실컷 봐두어야지, 한다. 별소리를 다 한다고 퉁명스럽게 내뱉으며 눈물을 겨우 참았다. 조심히 가라고 손을 힘차게 흔들며 부모님을 배웅하고 뒤를 돌아서자마자 뜨거운 눈물이 쏟아져내렸다. 전철 안 사람들이 이상하다는 눈으로 나를 쳐다볼 정도로 집에 가는 내내 울었다.

"대학교 졸업하고 일하다가 지금은 뭐 할까 생각하며 잠시 쉬고 있어요."

한국에서 대졸 백수로 살고 있을 때 누가 "따님은 뭐 하세요?"라고 물으면 엄마는 이렇게 대답했다. 나는 졸업 후 꽤 오랫동안 방황했다. 부모님은 한군데에 정착하지 못하고 헤매는 딸을 볼 때면 답답하고, 종종 딸은 뭐 하냐는 질문을 들을 때면 상처받았을 것이다. 일본에 워킹홀리데이도 다녀오고 짧게나마 중국에서 일도 했는데 왜 재취업은 안 될까. 뭐가 부족하다고 집에만 있는 걸까. 궁금한 것이 한두 개가 아니었을 텐데 부모님은 한 번도 내게 물어보는 일이 없었다. 그저 묵묵히 나를 지켜볼 뿐이었다. 내가 나만의 안락한 세상 밖으로 나가기를 두려워하고 그 심정을 토로하지 못하고 있다는 사실을 부모님은 다 알고 계셨던 것이다.

갈피를 못 잡고 휘청이고 있을 때면 워킹홀리데이 시절이 절로 떠올랐다. 시간이 느리게 흘러가는 그곳에서 다시 시작하고 싶었다. 하지만 집에서 마냥 생각만 한다고 꿈이 이뤄지는 건 아니었다. 그렇게 일본을 그리워하기를 반복하다가 일본에 다시 가겠다고 마음먹었다. 그 결심 하나로 부산까지 내려가 면접을 봤고 끝내 합격을 받아냈다. 정부 지원금을 받아 일본 유학을 떠났기 때문에 초반 6개월 동안 학업과 취업 준비를 병행해야 했다. 그 기간에 나는 다양한 사람을 만나고 새로운 일에 도전하고 때로는 좌절도 하면서 조금씩 바뀌어갔다. 더는 집에 틀어박혀 하루를 흘려보내는 사람이 아니었다.

"우리 딸 지금 일본에서 일하고 있어요."

똑같은 질문에 답이 바뀌었다. 힘들면 언제든 한국으로 돌아오라던 엄마도 어느 순간부터 남의 돈 받고 일하기가 원래 어렵다며 꾹 참고 일하라고 말했다. 마냥 보듬고 지켜줘야만 했던 엄마의 딸은 어디서도 제 앞가림을 하는 어엿한 사회인, 기특한 자식이 되었다. 나는 이제야 겨우 효도를 하게 되었다고 생각했다.

타지생활이 길어질수록 급여는 점점 오르고 직급도 생겼다. 한때 허우대만 번지르르하던 대졸 백수가 외국에서 유학생들에게 일자리를 제공하고 그들을 교육했다. 실패해본 경험이 있었기에 과거의 나와 비슷한 유학생들에게 애정을 갖고 일할 수 있었다.

일이 바빠 한국에 자주 가지는 못했지만 적어도 1년에 한 번은 꼭 부모님을 뵈러 갔다. 예전에 부모님이 내게 그리했듯 캐리어에 물건을 잔뜩 챙겨 가 가방을 펼쳐놓고 "이건 이럴 때 먹는 거고 이건 이렇게 쓰는 거야" 하고 신나서 설명하는 것이 연례행사가 되었다. 그러면 엄마 아빠는 뭘 이런 걸 다 사왔냐면서도 물건을 꺼내는 족족 어울리는 자리에 놓아두기 바빴다. 아직도 강아지들은 내가 집에 가면 캐리어에 코부터 박는다.

그랬던 내가 지금은 인구 칠만 명 남짓 소도시의 가정주부다. 먼지 하나 없게 바닥을 쓸고 닦고 좋은 향이 나는 세제로 옷을 빨아 널고 밥때마다 뽀얀 김과 당근 써는 소리로 부엌을 메우는 주부. 결혼 후 찾아온 평온하고 안락한 소소한 일상. 특별한 사건 없이 그날 무엇을 먹고 마셨는지로 달라지는 하루하루에는 직장인 시절의 스트레스가 없다. 회사에서 살아남겠다고 아등바등 살았던 날들이 다 소용없게 느껴질 때도 있다.

하지만 가끔 이런 생각이 든다. 나는 평화로운 삶을 누리고 있지만 이제 더이상 엄마 아빠에게는 어디에 내놓고 자랑할 만한 딸은 아니겠구나. 딸은 뭐 하냐는 질문에 "결혼해서 일본 살아요" 하고 대답하는 엄마는 어떤 기분일까. '전업'주부냐 아니냐만 다를 뿐 기혼 여성은 자의 반 타의 반 모두 주부가 되니 주부라고 말하지 못할 것이다. "일본에서 일해요"라고 대답할 때와는 사뭇 다른 기분일 테다. 엄마가 나의 주부 생활을 어떻게 받아들이는지를 물어볼 용기는 아직 없다. 결혼하고 처음 남편과 함께 한국에 갔을 때, 인천공항에서 헤어지면서 엄마가 했던 이상한 말을 돌이켜본다.

"잘 살아. 너희들만 생각하고. 가정을 갖는다는 건 그런 거야. 다들 그렇게 살고 또 그렇게 멀어지는 거야."

곧바로 엄마에게 무슨 소리냐며 서운해했지만 엄마는 1년에 한 번 얼굴을 볼까 말까 하는 사이를 예감했을 것이다. 앞으로 몇 번이나 아빠 얼굴을 보고 몇 번이나 엄마 손을 잡을 수 있을까. 나는 여전히 빛 좋은 개살구, 빛깔만 좋은 불효자다.

브런치스트 김이람

'진심으로 축하드립니다. 소중한 글 기대하겠습니다.'

발신인을 보고 떨리는 마음으로 메일을 열었다. 어느새 나는 '브런치' 작가가 되어 있었다. 메일을 받고 가장 먼저 한 일은 필명을 새로 정하는 것이었다. 그간 쓰는 사람이라는 아이덴티티를 표현하고 싶었던지라 작가 합격 메일을 받은 김에 유니크한 별명을 지어보려 했다. 하지만 머리를 아무리 쥐어짜도 적당한 이름이 생각나지 않았다. 문득 아이돌 그룹 '르세라핌'의 팀명이 영어 문장의 철자를 재배치해서 지어진 것임을 떠올리고는 노트에 나를 나타내는 단어 몇 개를 적어내려갔다. 본명, 삶의 모토인 '모로 가도 서울로만 가면 된다', 내가 지은 본가 강아지들 이름 '아롱, 다롱, 우리, 누리, 하루, 설기, 브이, 아가, 홍이'. 그 단어들을 자음과 모음으로 나누어 중복되는 철자는 지우고 남은 철자만 추려 남편에게 건넸다. 한글을 배운 지 얼마 안 된 사람에게 애너그램을 맡기면 재밌는 조합을 만들 것 같았다. 갑자기 이상하고 거창한 과제를 받아 부담스러워하는 남편에게는 궁금해서 그렇다며 적당히 둘러댔다. 잠시 뒤 내 바람대로 그는 '이람견'과 '민결스'라는 듣도 보도 못한 단어를 창조했다.

독특하긴 하지만 필명으로 쓰기에는 영 무리였다. 하나는 강아지 품종명 같았고, 하나는 아이돌 그룹 이름과 흡사했다. 그대로 노트를 덮으려다가 이람견에서 '이람'만 떼어보니 그럴싸했다. 사(4)람에서 딱 두 발짝 모자라는 이(2)람. 어감도 괜찮고 '지금보다 더 성장하고 싶은 사람'이라는 의미도 부여할 수 있는 데다 내 성을 붙여 '김이람'이라고 적으니 사람 이름 같았다.

필명은 지었으니 직업을 정할 차례다. 내 공식적인 직업은 주부지만 이름 바로 밑에 소개되는 직업으로 주부를 내세우고 싶진 않았다. 집 청소와 요리도 겨우 해내는 사람을 주부라고 칭해도 될지 망설여졌기 때문이다. 그렇다고 작가지망생은 어딘가 부족해 보이고 스스로를 에세이스트라고 부르기에는 쑥스러웠다. 한참을 고민하다가 새로운 직업을 만들었다. '브런치스트'. 브런치와 에세이스트의 합성어이자 작가지망생과 에세이스트 그 사이의 단어. 그길로 나는 자칭 '브런치스트 김이람'이 되었다.

그후로 오전에는 집안일을, 오후부터 남편이 퇴근할 때까지는 햇볕 잘 드는 거실에 앉아 글을 쓴다. 대단한 글을 쓰진 않는다. 여태껏 해본 적 없는 요리를 한번 만들어보았다, 며칠 전 갔던 곳에서 무언가를 봤다 등 소소한 특별함을 느낄 때마다 찰나의 기억과 감정을 기록한다. 일상생활에서 발견한 글감은 대부분 다음 날 오후 흰 페이지에 반듯이 누운 글자가 되어간다.

처음엔 뭐라도 해야 한다는 기분에 글쓰기를 시작했다. 회사에 앉아 매일 일용할 양식과 세금을 빚어내던 내 시간이 아무것도 만들지 못하는 '빵 엔짜리'가 되어버리면서, 나는 그 누구보다 하루 이십사 시간, 86400초를 가장 비싸게 쓰고 있었다. 월급통장에 찍히는 숫자가 떼돈은 아니었어도 타지에서 내 한몸 건사할 만한 밥벌이는 되었는데, 결혼과 동시에 나는 남편에게 대롱대롱 매달려 사는 존재가 되었다. 누가 요즘 어떻게 지내느냐고 내게 물으면 할말이 없었다. 그저 매일 똑같은 일이 반복되니까. 남편과 함께하는 일상이 분명 행복한데도 스스로가 부끄럽다는 감정은 지워지지 않았다.

그러다 블로그에 글을 써서 수익을 낼 수 있다는 이야기를 들었다. 어차피 어디 가서 일을 하지도 못하는데 집에서 뭐라도 쓰다보면 저녁 반찬값은 벌 수 있겠지, 기대하며 블로그를 열었다. 블로그에 일본생활을 쓴 지 반년쯤 지났을까, 밸런타인데이에 초콜릿을 만들어 남편에게 선물한 이야기가 적힌 게시물이 블로그 '핫토픽'에 소개되었다. 그러면서 블로그 방문자가 늘고 배너광고를 달 수 있는 조건까지 달성했다.

아쉽게도 블로그는 전혀 돈이 되지 않았지만, 글쓰기는 삶의 가장 큰 즐거움이 되었다. 오늘 하루를 헛되이 버리지 않고 무언가를 이루어냈다는 안도감이 들뿐더러 글 아래에 찍힌 공감 버튼과 댓글로 사회와의 연결고리를 확인할 수 있었다. 사랑하는 이와 가정을 가꾸어가는 생활에서 안락하고 잔잔하게 소모되던 내가, 글을 쓰며 비로소 스스로를 단단히 붙잡고 있는 것 같았다.

때로는 글 쓰는 데 정신이 팔려 전기밥솥 취사 버튼을 누르지 않아 퇴근한 남편이 배를 곯아야 했다. 화가 날 만도 한데 그는 글쓰기를 원망하거나 집에서 밥도 안 해놨느냐고 타박하기는커녕 "오늘도 일 잘했어?"라고 물었다. 나의 쓰기를 '일'이라 불러주는 사람. 그 말에 나에 대한 미안함이 묻어났다. 자기를 따라온 동네에 마땅한 일자리가 없어서 집에 있는 아내에 대한 미안함.

"이게 무슨 일이야. 그냥 자기만족으로 하는 거지……."

고고한 선비처럼 글쓰기로 시간을 보내는 나는 그에게 이 말밖에 할 수 없었다.

한번은 취기에 기대어 물었다. 아르바이트조차 하지 않고 재능이 있는지 없는지도 모르는 글쓰기에 매달려 있는 나를 왜 응원해주냐고, 혼자서 돈을 벌며 고생하는 것이 괴롭거나 원망스럽지 않냐고. 무슨 대답이 돌아올까 두려워 떨리는 목소리를 꾹 참고 용기 내 말했다.

"나는 네가 열심히 사는 모습이 참 보기 좋았거든. 어차피 이곳에 일자리도 없고 우리가 부유하게 지내진 못해도 손가락 빨 정도는 아니니까 네가 새롭게 시작해보면 좋겠어. 눈에 띄는 성과를 내지 못한다 해도 네가 즐거워하는 일로 기분전환이 된다면 충분하지 않을까? 나는 널 행복하게 해주고 싶어. 집에 돌아오면 항상 네가 있는 삶도 좋고. 게다가 봐봐. 네가 말했던 것들이 찬찬히 이뤄지고 있잖아. 블로그에 글쓰기,

메인 화면에 소개되기, 광고 달기, 브런치 작가 합격까지. 목표를 하나씩 달성하는 모습이 멋있어 보여."

그가 나를 이만큼이나 생각해주는 줄은 상상조차 못했다. 무한한 응원과 격려 덕분에 나는 해가 가장 높이 떠 있을 때 노트북을 켜는 일상을 지켜낼 수 있었다.

그럼에도 글쓰기가 항상 즐겁지만은 않았다. 시작할 때는 그저 쓰는 것이 재미있었지만 아무런 성과 없이 자기만족에 그치고 말다보니 진절머리가 나기도 했다. 특히 타인의 글이 더 흥미진진해 보이고 그 글로 돈을 버는 걸 보면 더 그랬다. 그래서 글쓰기를 내팽개친 적도 있다. 안간힘을 써봐도 안 될 때는 잠시 손을 떼는 것이 능사였다. 그대로 벌렁 드러누워 퍼즐게임의 스코어 기록에 도전하거나 싱크대와 세면대 수도꼭지에 구연산을 뿌려 반짝반짝 윤이 나게 문지르는 등 굳이 일을 찾아 했다. 그렇게 하루이틀 머리를 비우고 몸을 피곤하게 하면 어느 순간 잘하든 못하든 다시 뭔가 쓰고 싶어졌다. 퍼즐게임에서 고득점을 따거나 집이 깨끗해지는 것은 한순간에 불과할 뿐 내가 무언가를 만들어냈다는 기쁨을 채우지는 못했으니까.

내가 느끼는 기쁨과 남이 인정하는 성과. 그 사이에서 아슬아슬 줄타기 같은 글쓰기를 계속하며 무언가를 적는 일이 마냥 달갑지만은 않음을 배웠다. 하지만 날이 갈수록 가슴속에 한 가지 염원이 자라났다. 누군가에게 작은 파동을 일으키는 글을 쓰고 그것을 '김이람 지음'이라고 적힌 종이책으로 엮어 서점 매대에 내 책이 올라가는 날을 맞이하자. 진정으로 바라는 일에 과감히 뛰어들다보면 크든 작든 반드시 결과가 나온다. 지금껏 그렇게 내 앞에 닥친 무수한 고비를 넘겨왔다. 그러니 나는 앞으로 잘하든 못하든 한 글자라도 끄적일 것이다. 나의 소망이 이뤄질 것을 굳게 믿고 오늘도 노트북을 켠다.

가족이라는 덫

나는 말 잘 듣는 며느리였다. 나를 은은하게 걷어차는 말도 애써 웃으며 넘겼다. 내 성품이 착하고 온순해서가 아니라 갈등을 수면 위로 끌어낸 뒤의 후폭풍이 두려웠다. 아무 문제없던 가족 사이에 갈등을 만드는 못된 며느리 역할을 맡고 싶지도 않았다.

어느 날 시누이가 남편에게 라인을 보냈다. 결혼식 대신 부모 형제만 모이는 단촐한 피로연 자리를 마련할 계획이니, 11월 중 시간이 안 되는 날을 알려달라는 내용이었다.

일본에서는 혼인신고를 먼저 하고 나중에 결혼식을 올리는 경우가 많은데, 우리는 시누이가 혼인신고를 했는지 안 했는지조차 모른 채 피로연을 연다는 소식부터 들었다. 혼인신고 여부를 알려주지도 않으면서 대뜸 피로연부터 오라니. 인생의 중대사를 통보하는 사이, 시누이가 말하는 사이좋은 남매가 이런 것인지 의아했다. 머릿수는 채워야 한다는 생각으로 연락했나 싶었다.

시누이는 평일에는 어렵냐, 밤에도 안 되냐며 남편이 참석할 수 있는 날을 캐물었다. 나의 일정을 묻는 질문은 일절 없었다. 역시나 나는 시누이에게 오빠를 부르면 자동으로 딸려오는 사람, 투명인간이었다. 한 번도 나에게 양해를 구하는 일이 없었다.

남편은 시누이가 혼인신고는 어찌 했는지 말도 없이 피로연에 오라고 하는 것을 불편해하며, 그전에 해야 할 말이 있지 않느냐고 시누이에게 반문했다. 예상치 못한 반응에 당황했는지 잠시 뒤 시누이가 전화를 걸어왔다. 다음 날 남편은 퇴근길에 차를 세워놓고 그녀와 한 시간이나 통화했다. 난생처음 오빠의 싫은 소리를 들었을 테니 상황이 조금은 달라지지 않을까 기대했건만, 그 한 시간 동안 무슨 말을 나누었는지 남편은 갑자기 동생 편이 되어 돌아왔다. 오랫동안 차곡차곡 쌓아온 나의 감정은 단순한 오해로 치부되었다. 남편에게는 역시 동생은 그런 애가 아니었다는 자신의 신념을 증명해준 그 전화가, 내게는 피가 거꾸로 솟는 전화가 되었다.

원래 결혼식을 하지 않을 예정이었다던 시누이는 양가의 압박 때문에 어쩔 수 없이 피로연을 열게 되었다고 변명했다. 시누이의 예비 시댁에서 친정이 결혼식을 원하면 식을 간단하게라도 올리는 게 좋겠다고 말했고, 시누이가 부모님에게 그 이야기를 전했더니 우리 시부모님은 식은 해야 한다고 강하게 밀어붙였단다. 밥만 먹는 자리라던 시누이의 말과 달리, 규모만 작을 뿐 모양새를 제대로 갖춘 피로연이었다.

우리가 결혼식을 하지 않겠다고 말했을 때 시부모님은 남편에게 결혼식을 왜 안 올리는지, 우리 부모님은 어떻게 생각하는지 한 번도 묻지 않았다. 피로연이라도 하면 어떻겠냐고 제안하지도 않았다. 그런데 시누이는 꼭 식을 올려야 한다니, 시댁의 모순적인 태도에 그저 헛웃음이 나왔다.

내가 시댁 식구들에게 클로버 2 취급을 받을 때, 우리 부모님은 남편과 시부모님을 극진하게 대했다. 코로나 때문에 영상통화로 상견례를 대신했을 때, 아빠는 시부모님에게 이렇게 말했다. "나이도 비슷하니 애들 상관없이 우리끼리 친구가 되어 여행도 다니며 친하게 지내요. 요즘 핸드폰 번역기도 잘

되어 있어요." 아빠는 시부모님이 나를 예쁘게 봐줬으면 하는 마음에서 그런 말을 건넸을 것이다. 어색함을 웃음으로 풀어보려는 아빠의 모습에서 그 마음이 고스란히 전해졌다. 우리가 한국 친정에 도착했을 때, 아빠는 내게 시댁에 전화를 걸으라고 종용했다. 안부 전화는 며느리가 해야 좋아하신다고. 엄마는 사위 앞에 반찬 그릇을 다 밀어주며 딸한테나 하던 건데 자연스럽게 이렇게 되네, 하고 웃었다.

그런 부모님께 내가 클로버 2가 되었다고, 가족으로 받아들여지지 않는다고 털어놓을 수 없었다. '우리 딸은 사랑받으며 잘 살고 있을 거야'라는 부모님의 믿음을 차마 깨뜨릴 수 없었다. 대신 시부모님이 시누이를 시집보낼 때는 어떻게 하는지 두 눈 부릅뜨고 지켜보겠다며 이를 갈았다.

예상한 대로 시부모님은 시누이 결혼에 온갖 정성을 쏟고 시누이의 시댁에 깍듯이 예의를 갖추었다. 우리 부부가 결혼할 때에는 관심조차 보이지 않더니, 심지어 결혼 후에는 우리 부모님께 값싼 물건들을 선물인 양 건넸으면서 말이다. 감정이 쌓일 대로 쌓인 지금, 시부모님이 시누이의 시부모님에게 허리를 숙이는 모습을 봐야 한다고 생각하니 피로연을 끝까지 버틸 자신이 없었다. 나와 내 부모님을 무시하면서 자기 사위와 사위 부모님은 극진히 대접한다니, 상상만 해도 눈물이 쏟아졌다.

똑같은 가족 안에서도 예를 지켜야 하는 사람과 그러지 않아도 되는 사람이 나뉘는 것일까. 왜 같은 사람이 딸 부모일 때와 아들 부모일 때에 따라 태도가 달라지는 것일까. 더이상 착한 며느리를 흉내내며 스스로를 갉아먹고 싶지 않았다. 모든 생각을 정리한 끝에 남편에게 피로연에 못 가겠다고 말했고 남편은 이맛살을 찌푸렸다.

2주 후, 도쿄 신주쿠에서 시누이 부부를 만났다. 나는 시누이에게 확실히 해두고 싶었다. 내가 그녀를 불편하게 생각하는 이유와 그녀의 피로연에 차마 가지 못하겠다고 결정한 사정을 말이다. 굳이 말할 필요가 있을까, 문자로 이야기해도 되지 않을까 몇 번이고 고민했다. 하지만 내가 진심을 전하지 않으면 계속 같은 상황이 반복될 것이라는 결론을 내렸다. 도쿄로 향하는 전철을 기다리며 남편에게 한 가지만 당부했다. 이성적으로 이야기하고 싶으니 내가 차분히 말할 수 있게끔만 도와달라고, 새로 시작하는 부부에게 부정적인 소리를 하고 싶지 않다고.

"그럼 이야기 시작할까? 각오는 됐어?"

"안 하면 안 돼?"

맥주잔이 테이블에 놓이자마자 남편은 농담처럼 말을 꺼내고 시누이는 인상을 찌푸리며 반응했다. 이들은 이제부터 내가 할 이야기를 형식상 어쩔 수 없이 들어야 하는 이야기처럼 희화화하고 있었다. 3년 동안 한 번도 싸운 적이 없다며 웃는 시누이 부부를 보고 그들 때문에 싸웠던 우리 부부의 지난날들을 떠올렸다. 어쩌면 오늘도 싸우게 될지 모르겠다고 생각했다.

정말 미안하지만 피로연에는 못 갈 것 같다고 운을 띄우자 시누이가 급속도로 냉랭해졌다. 신랑측 가족 중에도 부르기 애매한 사람이 있다는 이야기를 들어서 내가 가지 않아도 괜찮겠다고 생각했다. 내가 왜 가지 않겠다고 하는지 전후사정을 알면 조금은 이해해주지 않을까 하고 기대했다. 이제 시누이에게도 시댁이 생겼고, 자기 부모님이 이상하다는 것을 진작에 알고 있었다고 말했었으니까. 하지만 그런 얄팍한 기대는 곧바로 깨져버렸다. 내가 조심스러운 태도로 말을 고르고 골라도 시누이에게 있어 나에 대한 답은 벌써 나와 있었다.

'일본문화를 이해하지 못하고 미쳐 날뛰고 있는 오빠의 외국인 와이프.'

시누이가 차갑게 뱉은 말은 지금도 토씨 하나 안 틀리고 기억한다.

"됐어요. 그런 마음으로 오는 건 저도 바라지 않아요. 하지만 부모님께 어떻게 변명할지 생각해줘요."

'적반하장도 유분수지' 하며 내가 자초지종을 설명드리겠다고 답했다. 그러자 시누이가 언성을 높였다. "절대 안 돼요! 효도하려고 여는 자리인데 부모님이 불편한 마음으로 오시는 건 싫어요."

나와 나의 부모님을 가족으로 받아주지 않는 사람들에게 하는 시누이의 효도. 그 효도에 내가 억지로 앉아 있어봤자 의미가 있을까. 내가 상황을 설명하는 것도 싫고, 그렇다고 내가 그 자리에 오지 않기를 바라는 것도 아니고. 시누이가 하려는 건 가족들이 한자리에 모여 진심으로 즐겁게 시간을 보내는 게 아니라 그저 자기만족일 뿐이다.

옆자리의 남편을 보니 말없이 술잔을 기울이고 있다. 도와달라는 말이 조용히 있으라는 뜻이 아니었는데⋯⋯. 시누이가 큰 소리를 내자 시매부가 끼어들었다. "우리 모두 가족이잖아요. 나중에 같이 찍은 결혼 사진을 꺼내보며 그날을 돌아보고 싶어요." 그 말은 너무나도 아름다웠지만 우리가 마주하는 현실과 동떨어져 있었다.

가족의 울타리 밖에 서 있는 나도 가족인가. 그들에게 나는 이상한 사람에 지나지 않았다. 고립감, 분노, 무력감, 모멸감이 한꺼번에 휘몰아쳤다. 자리를 박차고 나와버릴까, 몇 번을 망설였지만 가만히 입을 다물고 앉아 있었다. 나를 위해 아무런 행동도 하지 않는 남편을 위해서.

집으로 가는 길, 남편과 같이 전철을 타긴 했지만 내릴 때는 따로 내렸다. 남편이 꾸벅꾸벅 조는 사이, 나는 다른 칸으로 자리를 옮겼기 때문이다. 내가 먼저 집에 가 현관문 안전고리를 걸고 내쫓아버릴 심산이었다. 부지런히 역 계단을 내려왔는데 남편이 역 앞에서 나를 기다리고 있었다. 내게 아는 척하는 남편 앞을 쌩 지나쳐갔다. 새벽 한 시가 넘은 시각, 종종 뒤를 돌아보면 멀리서 남편이 따라오고 있었다. 그 모습도 보고 싶지 않아서 빠른 걸음으로 골목길을 군데군데 돌아갔더니 이내 시야에서 사라졌다.

지어진 지 100년도 넘은 목조 창고들이 듬성듬성 남아 있는 거리, 평소 밤늦게 이 길을 지나갈 때면 항상 남편이 마중나와 있었다. 지금 이곳에 인적이라곤 나 혼자였지만 두려움을 느낄 새도 없었다. 눈을 매섭고 차갑게 뜬 채 그저 앞만 바라보고 아랫입술을 꽉 깨물며 걷느라.

막 우리집이 보일 때쯤 거실에 불이 켜졌다. 혹시 남편도 똑같은 생각으로 고리를 걸어 잠그진 않았겠지, 하며 문을 열었더니 다행히 스윽 열린다. 전철에서 내가 꺼져줄 테니 가족과 행복하게 살라고 라인을 보냈었다. 그 메시지를 보고 나서야 심각성을 인지했는지 남편은 전철에서 내리면 이야기하자고 답장을 보냈다. 이야기라면…… 성대에 굳은살이 박일 정도로 몇 년째 똑같은 말을 반복하고 있는걸. 더 할말도 오늘 일을 질책할 기력도 없었다. 그래서 남편이 현관으로 나왔을 때도, 대화 좀 하자고 내 앞에 앉았을 때도 그를 투명인간처럼 대했다. 말해본들 뭐가 달라지겠는가.

제풀에 꺾인 남편이 침실로 들어가고 혼자 남은 거실에 이불을 펴고 누웠다. 창밖의 가로등 불빛만 스며들어오는 거실에서 가족이란 무엇일까, 곰곰이 생각했다.

결혼하고 한 번도 시댁 식구들을 마음 편히 마주한 적이 없었다. 시댁은 나를 며느리로, 가족의 한 구성원으로 인정할 생각이 없어 보였다. 늘 나의 의사를 존중하지 않았으며 나와 내 부모님을 무시했다. 내가 노력하면 괜찮아지겠지, 스스로를 다독이기를 여러 번, 이제는 한계에 도달했다. 중간에서 남편이 가족들을 말리거나 내가 그들과 만나지 않게끔 해결해주기를 바랐지만 항상 결말은 똑같았다. 나를 클로버 2로 취급하는 시댁, 나와 같이 싸워주지 않는 남편에게 이미 지칠 대로 지쳐 있었다. 남편과 함께할 때만큼은 행복했지만, 그 행복이 시댁의 간섭과 갈등으로 끊어질 때마다 고통은 배로 느껴졌다. 잊을 만하면 한 번씩 불어닥치는 그의 가족들의 입김을 더이상 버티기 힘들었다.

처음부터 공평하지 못한 출발이었다. 한국 부모님은 멀리 떨어져 살고 남편과는 언어와 문화가 다르니, 남편은 결혼에 뒤따르는 인간관계에 대한 고민이나 감정으로부터 자유로웠다. 그가 불편할까봐 내가 항상 그를 지키고 서 있기도 했고. 반대로 나는 가족 관계에 따라오는 고민과 감정을 고스란히 맞아야 했다. 길거리에서 폭풍우를 계속 맞는 기분이었다. 이것으로라도 비를 막아주겠다며 남편이 내게 쥐여준 "나쁜 사람들은 아니야"라는 말은 가족들이 뿌리는 소낙비를 막기에 턱없이 부족했다.

세상에

당연한 것은 없다

아침 아홉 시를 훌쩍 넘기고 눈이 떠졌다. 평소와 달리 방에서 꼼짝도 않는 남편은 전날을 되돌아보며 아내가 왜 이러는지 원인을 찾고 있을 게 뻔하다.

커피를 끓이려 일어서는데 전날 밤 시누이가 준 쇼핑백이 눈에 들어왔다. 그것을 보니 지난번 시어머니가 놓고 간 냉동식품들이 떠올랐다. 커피포트에 물을 붓다 말고 쇼핑백을 발로 걷어찼다. 그 행동 하나로 무언가 터져버린 것 같았다. 힘없이 벽에 처박힌 쇼핑백에 연신 발길질을 하고 쓰레기통에 있는 힘껏 욱여넣었다. 여태껏 시어머니가 선물인 양 내게 버린 쓰레기들도 현관 신발장 앞에 내동댕이쳤다. 그 집구석의 손길이 닿은 물건은 집에 하나라도 남겨두고 싶지 않았다. 그러고도 분이 풀리지 않아 테이블 위에 있던 상품 카탈로그를 우악스럽게 찢었다. 나는 사실 폭력적인 성향을 가진 사람일까. 코팅된 종이가 찢어지는 소리를 들을 때마다 조금 후련해지는 것 같았다.

잠시 후 남편이 거실문을 열고 들어왔다. 현관 꼴을 보고서도 상황을 이해해보려는 듯 말없이 바닥에 떨어진 종이조각들을 주워 버리고 테이블 건너편에 앉았다. 내 시야에 어떻게든 들어와 있는 모습은 꼬리를 말고 근처를 알짱거리며 주인 눈치를 보는 강아지 같아 애처로워 보였다.

내가 성질을 내어도, 속상해하며 엉엉 울어도, 왜 그러냐고 묻거나 그만하라고 말리는 대신 묵묵히 자리를 정리하고 지키는 사람. 선하고 강한 내면을 가져왔다고 여겼었지만 실은 그도 오랫동안 가족들에게 설계되어온 게 아닐까 하는 의문이 들었다. 그래서 그에게 의문과 짜증이라는 반항값이 아예 입력되지 않았나. 남편은 가족에게 자기 목소리를 내길 꺼려했다. 해달라는 대로 다 해주는 남편에게 가족들은 전혀 고마워하지 않았고 늘 '더, 더'를 외쳤다.

꽤 긴 시간 동안 형성되어온 관계는 항상 일방적이었다.

시어머니는 장남과 오빠라는 단어로 남편을 옥죄고 자신의 감정 쓰레기통으로 사용했다. 통근이 가능하면서도 굳이 주말부부를 택한 아버지는 책임감보다는 자신의 편의를 중요시했다.

남편이 구순구개열로 태어난 것도 관계에 어느 정도 영향을 미쳤으리라 추측한다. 그의 본가에서 어린 시절 앨범을 본 적이 있는데, 갓난아이가 하나같이 손수건으로 입을 가리고 있었다. 기어다니거나 어정쩡하게 벽에 기대어 있거나 걸음마를 떼는 성장의 순간은 남아 있지 않았다. 손수건 사진들마저도 보여주고 싶지 않은지 시어머니는 앨범을 빠르게 넘겼다. 당시 시어머니가 느꼈을 감정을 헤아릴 순 없지만, 있는 일을 없는 일인 양 덮어버리는 모습은 그리 건강해 보이지 않았다. 아들에게 다정하게 굴지도 않으면서 이것저것 책임감만 지우는 모습을 보면 오래전부터 관계의 높낮이가 어떠했을지 선명히 그려진다. 내게는 며느리니까 응당 그래야 한다며 아들에게 했던 언행을 반복하는 듯싶었다. 시누이는 어머니의 처세술을 배워 오빠에게 모든 부담을 전가하고, 아버지는 모든 일을 방관한 채 자신의 일에만 몰두했다. 여느 일본의 가족들과 다르다고는 생각해왔지만, 이렇게나 어릴 때부터 집안에 위계질서가 잡혀 있는 줄 몰랐다.

그런 가정에서 자란 남편이 안쓰럽다가도 남편을 보면 시댁 식구들의 얼굴이 떠올랐다. 전날 느낀 굴욕적인 기분도 함께.

"거실에 있어야 할 이유가 없으면 눈에 안 띄는 데로 가."

남편을 방으로 몰아내고 혼자 거실에서 소주를 쉴새없이 들이켰다. 알싸한 알코올은 이내 큰 고동이 되어 울려퍼졌다. 어떻게든 이 관계에 종지부를 찍어야 할 것 같았다. 비틀거리는 발걸음을 이끌고 방으로 향했다.

"골라. 나야? 가족이야?"

드라마에서 이런 장면을 볼 때마다 고를 수도 없는 걸로 생떼를 부리네, 라고 생각했는데 내가 그런 상황에 놓이자 생떼가 아니라 절박한 외침이었음을 깨달았다. 밍밍한 일본어로는 답답한 심정을 쏟아낼 수 없어 한국어로 소리를 질렀다. 아무리 귓구멍에 대고 소리쳐도 당신은 가족들이 얼마나 비정상적인지 모르는 게 지긋지긋하다고, 세상 그 누구도 그들을 포용할 수 없을 거라고 울부짖었다. 그는 아무 말 없이 잠자코 듣기만 했다. 한국인은 화를 밖으로 발산하지만 일본인은 안으로 집어삼키고 서서히 식어간다. 그는 분노를 삭이고 있는 걸까. 가만히 듣다보면 끝날 거라고 생각하는 걸까.

우리는 고비를 수차례 넘겼다. 내가 한밤중에 집을 나가려고 짐을 싼 적도 있다. 거실 한구석에 놓아둔 곰 인형은 챙기고 남편은 집에 버리려던 그날 밤, 눈물을 삼키며 생각했다. 우리의 싸움은 대부분 시댁과 얽혀서 생기는데 왜 우리만 힘들어야 할까. 그들은 과연 '우리'의 가족일까. 가족의 연을 쉽게 끊어선 안 된다는 이유로 그들을 잘라내지 못하는 걸까. 하지만 고작 그 정도의 연 때문에 더는 이 짓을 이어가고 싶지 않았다.

한쪽으로 기울어진 관계에 익숙해진 만큼 남편이 가족을 쉽게 뿌리치지 못한다는 것은 알고 있었다. 남편의 믿음처럼 그들이 좋은 사람이라면 그가 성질을 부려도 그들은 가족이라는 이유만으로 그를 받아들여줄 것이다. 하지만 남편은 동생에게조차 입바른 소리를 내지 못하고 있다. 이미 관계가 깨져버렸다는 증거 아닌가. 우리가 한 가정으로서 바로 서기 위해서는 남편도 나와 함께 싸워나가야 한다.

나를 골라, 나를. 눈을 질끈 감고 속으로 되뇌면서도 남편은 나를 포기할 것이라 예상했다. 여태껏 가족의 손을 들어줬던 것처럼. 그런데 그의 입에서는 뜻밖의 말이 나왔다.

"우리가 함께 살아가는 데 있어서 지금 상태가 좋지 않다면 구체적으로 어떻게 해야 할지 모르겠지만 할게, 절연."

절연이 무슨 의미인지 알고 하는 말이냐 묻자, 그는 나와 헤어지는 건 상상조차 되지 않는다며 가족 때문에 괴로워하느니 차라리 가족들과 연을 끊는 삶이 행복할 거라고 말했다.

그 이후로 우리의 삶은 드라마틱하게 변했다고 말할 수 있다면 얼마나 좋겠느냐마는 한동안 잔잔하게 고통스러운 시간이 지속되었다. 시누이는 끝끝내 무례함을 사과하지 않았고 남편에게 자기 하고 싶은 말만 내뱉었다. 사람은 쉽게 변하지 않는다.

"오빠가 왜 '그쪽' 편을 드는지는 알아. 지난번에 보니까 완전히 틀려먹은 것 같더라. 어쩔 수 없지. 앞으로 오빠와 멀어질 수밖에."

여전히 '나'와 '내 편을 드는 오빠'가 지금 문제를 만든 것이라는 남 탓뿐이었다. 동생의 전화를 끊고 남편은 "그래도 앞으로 이상한 소리는 안 할 거야"라며 묘한 표정을 보였다. 예전 같으면 얼굴에 죄책감이 가득했을 텐데 그도 이 일을 겪으며 나와 비슷한 감정을 느낀 걸까.

지겨운 9월이 끝나고 10월의 어느 날. 시어머니는 남편에게 내 생일 선물을 줄 테니 집으로 받으러 오라고 연락을 해왔다. 시아버지는 "잠자코 지켜보고 있었는데 괜찮은 거지? 네 엄마 속이 아주 말이 아니다. 너희 집 앞에 갔다가 네 차를 보고 다시 돌아왔다더라. 그나저나 요즘 TV가 이상한데 시간 날 때 와서 고쳐라"라고 했다. 이제까지와 달리 남편이 별다른 대꾸를 하지 않았더니, 그 이후로 자연스레 연락이 끊겼다. 11월에 피로연을 열겠다던 시누이도 아무 말 없었다.

"3, 2, 1!"

"새해 복 많이 받으세요!"

새해를 기다리며 남편이 만든 도시코시소바年越しそば*를 먹었다. 마지막 십 초 카운트다운이 시작되고 시계가 열두 시 정각을 가리키는 순간, 새해 인사와 가벼운 포옹으로 새해를 시작했다. 결혼하고 처음으로 맞는 밝고 희망찬 새해였다.

우리는 시댁에 가지도 연락을 하지도 않았다. 갑자기 시부모님이 찾아와 며느리를 잘못 들였다며 땅을 치고 울면 어떻게 할지 머릿속으로 시뮬레이션도 해봤는데 다행히 그런 일은 일어나지 않았다. 시댁과의 연락은 완전히 두절되었다. 그래도 한 가족이니까 자신의 생각과 감정을 물어봐줄 줄 알았건만, 별 이견 없이 뚝 끊긴 관계에 남편은 씁쓸함을 감추지

※ 새해를 맞이하며 먹는 메밀국수. 한 해의 마지막날에 면이 잘 끊어지는 국수를 먹으며 한 해 동안 있었던 악재와 연을 끊는다는 의미가 있다.

못했다. 그동안 자기만 관계의 끈을 쥐고 있었다는 사실을 깨달은 모양이었다.

　그는 부모답지 못한 부모와 우애라고는 하나 없는 동생이 본인들 좋을 대로만 사는 것 같다고, 가족 관계를 진지하게 고민하는 사람은 우리 둘뿐이라며 허탈하게 웃었다. 결혼하고 처음으로 평화로운 연말연시를 보내며 원래는 이랬어야 하는데, 하고 지난날을 아쉬워했다. 어느 날 퇴근 후 남편은 일하는 내내 부모에게 들어왔던 부정적인 말들이 계속 떠올라 속에서 분노가 부글부글 끓어올랐다고 말했다. 뒤엉켜 있던 어린 시절의 감정이 풀리자 매사를 웃어넘기던 사람이 흐느끼며 속내를 털어놓았다. 한 번도 경험해본 적 없는 '보통의 가족'을 만들어보고 싶었다면서. 가슴속 응어리를 푸는 그의 눈물에서 비로소 가족의 그림자에서 벗어나고 있다는 희망이 보였다. 우리는 둘만의 가정을 일구어나갈 것이다. 서로를 존중하고 당연하지 않은 사랑에 감사해하며.

　또다시 시댁과 마찰을 빚을 수 있지만 더는 두렵지 않다. 우리는 마음이 무너져내리는 밤을 몇 번이나 지새우고 눈물을 헤엄쳐 여기까지 왔다. 피 한 방울 안 섞인 우리도 정성을 다해 인연을 이어가고 있는데, 피를 나눈 가족이라고 아무 노력 없이 관계가 유지되기를 바랄 자격이 있을까.

관계는 박수와도 같다. 손바닥도 마주쳐야 소리가 나듯 인간관계도 서로 노력해야 성립되니까. 혼자 치는 박수가 아니라 내 손바닥과 남의 손바닥을 부딪치는 박수다. 마음을 하나로 모아 손을 맞대야 하니 더 어렵다. 그래서 이제는 마음 없는 사람을 기다리는 대신, 흔쾌히 손을 내미는 사람과 더 경쾌한 소리를 내기로 했다. 고마운 마음, 더 잘해주고 싶은 마음을 담아 손뼉을 치겠다. 더 신나게, 짝!

빛바래지 않은 추억

3년 만에 가루이자와를 다시 찾았다. 가루이자와는 한여름 평균기온이 30도를 넘지 않아 피서에 제격인 동네다. 집에서 차로 한 시간 반, 별장 하나 두고 왔다갔다하기 딱 좋은 위치지만 월세살이에 별장은 그림의 떡이다. 목 좋은 자리에 별장을 가지려면 무라카미 하루키처럼 대작가가 되어야 할 텐데, 내가 떡이 되는 게 훨씬 빠르겠다. 별장 대신 편의점에서 맥주 한 캔과 감자과자를 사서 볕 좋은 조수석을 만끽하며 가루이자와로 향했다. 꼭 이날 그곳에 가야 했다.

편히 쉬러 오는 곳이기 때문인지 상권에 휴양지 특유의 여유롭고 한가한 분위기가 맴돌았다. 따뜻한 햇볕이 쏟아지는 골목 구석구석을 거닐며 잠시 가루이자와의 봄날을 즐기다 점심을 먹으러 라멘가게로 향했다. 상점가 초입에 있지만 입간판을 놓치면 존재조차 알기 어려운 작은 가게 미노야. 거리에 즐비한 세련되고 화려한 가게들에 익숙해지다보면 이 허름한 간판은 폐업한 가게가 깜빡 놓고 간 것으로 보일 정도다. 하지만 오늘 가루이자와에 온 목적은 이 가게다. 3년 전 4월 둘째주 일요일, 우리는 여기 있었다.

우리가 사귀고 결혼하는 데 상당한 지분을 가지고 있는 추억의 장소. 꼭 다시 가자는 이야기를 남편과 줄곧 해왔다. 그 사이 없어지진 않았을까, 주인아주머니가 바뀌진 않았을까 걱정하며 찾아간 라멘집은 기억 속 그대로였다. 달라진 것이 있다면 그때 그 남자와 부부가 되었다는 것뿐. 3년 전엔 공주님 대하듯 내게 버튼만 누르라 했던 남편은 내게 천 엔을 턱 건네주는 것으로 한껏 가까워진 거리를 표현했다.

여전히 음악 하나 없이 음식을 만들고 먹는 소리만 가득한 가게, 분주히 움직이는 주인아주머니와 아들의 모습에 향수를 느꼈다. 이곳을 처음 찾았을 때는 옆 사람과 서먹했던지라 라멘이 맛있었는지 긴가민가했는데 이제 확실히 답을 찾았다. 진짜 맛있는 라멘이었다.

아주머니의 토크는 전보다 더 강력해져 있었다. 이 근방에서 제일 저렴한 주차장, 더 빨리 가루이자와를 나갈 수 있는 길, 기념품을 살 만한 슈퍼…… 정보가 쏟아져내렸다. 정신없이 핸드폰에 기록하며 나는 이렇게 완벽할 정도로 3년 전과 똑같다니, 하고 감격했다. 그래서 라멘 그릇을 싹 비우고 자리에서 일어날 때 즈음 아주머니에게 오늘 가게에 온 이유를 고백했다.

"실은 저희 3년 전 오늘, 여기 왔었어요. 저희에겐 이곳이 좋은 추억으로 남았어요. 두 분이 여전히 변하지 않고 건강하신 모습을 보니 마음이 놓이네요."

내 이야기를 듣고 아주머니는 물론이고 뒤에서 정리를 하던 아들까지 손을 멈췄다. 그리고 다시 와줘서 너무 고맙다며 잠깐만 기다리라더니 냉장고에서 뭔가를 꺼내 비닐봉지에 담았다.

"돼지고기조림이야. 밥반찬으로 먹어도 되고 볶음밥이나 카레에 넣어도 맛있어. 결혼 축하해요. 다음엔 아이도 같이 올지도 모르겠네."

우리는 그저 우리의 시간을 뒤쫓았을 뿐인데 그 시간에 잠시 머물렀던 사람이 우리의 추억을 함께 회상해주는 기분이었다. 그래서 아주머니의 마음이 더 크게 와닿았다. 가게와 아주머니를 소중한 추억으로 여기고 먼 곳에서 일부러 다시 찾아왔다는 것에 대한 고마움과 손님을 차마 기억하지 못했다는 미안함, 그리고 결혼을 축하하는 마음에 이 고기를 싸주신 것이 아닐까. 가슴 한구석에 온기가 서서히 차올랐다. 사람과 사람이 얽히고 산다는 정이 이런 것일까. 남편은 가게 골목을 완전히 빠져나오고 나서야 "눈물이 날 뻔한 것을 꾹 참았다"라고 했다.

기억에는 유효기한이 있다. 초등학생 때 죽고 못 살던 친구들, 이제는 이름도 다 까먹었다. 지금은 잊지 못하는 좋은 기억과 뭉클한 추억도 언젠가 유효기한이 끝나면 다 잊어버리고 말 것이다. 그럼 나는 3년 전의 낡은 기억에 오늘의 새 기억을 덧칠했으니 가루이자와의 유효기한은 더 늘어났다고 우기고 싶다. 한번 더 칠해진 기억은 아직 물기가 덜 말랐으니까 기한도 오늘부터 다시 세어야 한다. 엷은 물감을 켜켜이 올릴 때마다 붓자국이 남는 수채화처럼, 더 많은 경험과 추억으로 삶에 색깔을 더하며 시간이 지나도 빛바래지 않을 순간을 많이 만들고 싶다. 나를 지탱하고 가슴 따뜻하게 한 순간을 할 수 있는 한 더 오래 기억하고 싶다.

함께 갔다 각자의 집으로 헤어졌던 3년 전과 달리 오늘 우리는 함께 돌아왔다. 돼지고기조림은 아까워 조금만 맛보았다. 전자레인지에 살짝만 데웠는데도 돼지고기 기름이 흘러나와 윤기가 차르르 흘렀다. 한입 한입 천천히 맛을 음미하며 먹었다. 고소하고 달콤하고 짭짤한 맛. 하나도 남기지 말고 감사한 마음으로 먹어야지. 그리고 다음에 가루이자와에 가게 되면 다시 한번 미노야를 찾겠다고 다짐했다. 우리의 소중한 추억이 앞으로도 빛을 잃지 않기를 바라면서.

안 쓰는 이름

한국의 지인들에게 결혼 사실을 알리자 "그럼 너 이제 일본사람이야?"라는 질문이 돌아왔다. 일본은 부부가 같은 성씨를 쓰는 부부동성제를 채택하여 결혼하면 한쪽이 상대의 성을 따라야 한다는 것을 들어서일까. 일본인과 결혼을 했으니 성도 국적도 바뀐다고 생각한 것 같다. 하지만 나는 여전히 한국사람이고 김씨다.

일본은 호적이 없는 외국인에게 부부동성제를 적용하지 않는다. 하지만 일본인이 외국인 배우자의 성으로 변경하는 것은 가능하다. 내 주위에도 외국인의 성씨를 가진 일본여성들이 있다. 외국인 남성과 결혼하며 그의 성으로 바꾼 경우다. 남성이 외국인 아내의 성씨를 쓰는 경우를 본 적은 없다.

외국인도 일본 배우자의 성을 쓸 수는 있다. 일상에서 사용하는 일본식 이름을 '통칭명通稱名'이라고 하는데, 그 통칭명에 일본 배우자의 성을 쓰면 된다. 통칭명을 사용하고 있음을 행정기관에 증명하면 신분증에 통칭명도 함께 기재할 수 있다. 사회적인 이름이 되는 셈이다. 한국에서 재미교포들이 영어 이름도 함께 쓰는 것과 비슷하다.

종종 통칭명의 필요성은 느꼈다. 내 이름의 한자가 일본에서 쓰이지 않는 문자라 일본 웹사이트에 이름을 입력하면 물음표로 표기됐다. 한번은 관공서에서 내가 한자를 잘못 적은 줄 알고 내 이름을 멋대로 바꿔놓아, 하마터면 운전면허증을 갱신하지 못할 뻔했다. 이름 때문에 곤란했던 적이 꽤 있었는데도 나는 통칭명을 만들지 말지 갈등했다. 한국인이 일본 이름으로 불리는 것이 왠지 창씨개명 같았기 때문이다. 형용할 수 없는 찝찝함이 마음 한구석에 남아 있었다.

그런데 결혼 후 시골 동네로 오며 생각이 바뀌었다. 이사한 지 얼마 되지 않을 때 2주 동안 피부과를 다녔다. 동네에서 유명한 병원이었는지 중장년층 환자로 문전성시를 이루는 곳이었다. 어느 날 간호사가 내 이름을 크게 불렀고 내가 곧바로 대답했는데, 대기실에 있던 환자 열 명이 일제히 나를 쳐다보았다. 외국인이 많은 도쿄에서는 한 번도 그런 일이 없었는데 지방에서 '김상'은 얼굴을 한번 확인하고 싶어지게끔 만드는 마성의 이름인가보다. 이윽고 이름에서부터 외국인이라는 사실을 굳이 드러낼 필요가 없겠다는 생각에 닿았다.

더군다나 김상은 한국 성씨라서 남편과의 가족 관계를 금방 설명할 수 없는 이름이다. 살다보면 무슨 일이 생길지 모른다. 주민등록등본을 떼지 않아도 신분증에 같은 성이 표기되어 있으면 가족 관계를 급히 증명해야 할 때 수속이 빨라지지 않을까. 결국 눈 딱 감고 통칭명을 신청했다.

성은 남편 성을 따르되 이름은 내 한국 이름 그대로 남겨두었다. 그 바람에 사람들이 도통 내 통칭명을 읽지도 쓰지도 못했다. 게다가 누군가 내 이름을 물어볼 때면 통칭명이 입 밖으로 잘 나오지 않았다. 남편의 성을 대는 것이 영 어색했기 때문이다. 일본에서는 이름 대신에 성을 많이 사용하는 편이라 '안녕하세요. 김이라고 합니다'라고 인사하는 것에도 겨우익숙해졌는데 남편의 성으로 자기소개하는 것이 금방 될 리가 없었다. 결국 통칭명은 시청에서 오는 우편물에나 쓰이게 됐다.

남편에게 어울릴 만한 한국 이름이 있을까 생각해봐도 도무지 떠오르지 않는 것처럼, 같은 아시아인이래도 한국사람에겐 한국 이름이 어울리고, 일본사람에겐 일본 이름이 어울린다. 그래서 나는 앞으로도 '김상'으로 살겠다. 역시 내게는 그 이름이 더 어울린다.

일확천금

연말점보

1년에 딱 다섯 번, 일본열도가 일확천금의 단꿈으로 들끓는 시기가 있다. 1등 당첨금이 이억 엔에서 십억 엔에 육박하는 점보복권이 시작되는 시기다. 점보복권은 밸런타인점보, 드림점보, 섬머점보, 핼러윈점보, 연말점보라는 이름으로 특정 기간 동안 발매된다. 한국의 연금복권과 비슷한 추첨 방식으로, 세 자리의 조 번호와 여섯 자리의 일련번호가 모두 일치해야 1등이다. 한 장에 삼백 엔, 열 장씩 한 세트에 삼천 엔, 세트로 사면 그중 한 장은 반드시 삼백 엔에 당첨된다.

점보 시즌이 되면 유명 배우들의 점보 광고가 여기저기서 흘러나오고 아침 정보 프로그램에서는 1등을 배출한 명당이나 당첨의 비결을 소개한다. 일본 전역이 점보로 떠들썩할 즈음이면 전 직장에서도 동료들이 삼삼오오 점보 이야기를 꺼냈다. 연말점보만 딱 한 장 사서 지갑에 넣어두고 연말의 즐거움으로 삼는 사람도 있었고, 때마다 한 세트씩 구매하는 사람도 있었다. 삼천 엔이 삼백 엔이 되는 마법을 경험하면 울분이 치밀어오르지만 가끔은 투자금 이상을 회수하기도 해서 추첨일을 기다리는 재미가 쏠쏠하다고 했다.

그들의 이야기에 솔깃했지만 나는 복권을 사본 적이 없었다. '하이 리스크, 하이 리턴'이라지만 그 불확실성이 썩 달갑지 않았기 때문이다. 그랬던 내가 결혼하고 처음으로 연말점보에 구천 엔을 투자했다. 남편과 함께 복권 방송을 보며 연말을 즐기고 싶은 마음도 있었지만 사실 믿을 만한 구석이 있었기 때문이다.

첫번째, 지난 1년간 선불로 긁어온 악운 리스트. 일 초 차이로 브런치북 출판 프로젝트에 응모하지 못한 것, 악플로 받은 상처, 난데없는 코로나 투병, 폭염에 잃은 다육이들. 두번째, 남편과 함께 뽑기를 할 때마다 원하던 것을 받았던 운발. 세번째, 제니아라이벤자이텐신사에서 씻어온 돈. 거기서 씻은 돈을 사용하면 큰돈으로 돌아온다는 전설이 있다. 게다가 그 돈은 하세데라사원에 있는 커다란 불상의 발을 닦은 천으로 1년 동안 감싸져 있었다. 네번째, '말이 씨가 된다'는 법칙. 한국의 속담처럼 일본에도 고토다마言霊*를 믿는 신앙이 있다. 양국에 비슷한 개념이 존재한다는 것은 전 인류가 공통적인 경험을 했다는 게 아닐까. 그래서 우리는 복권을 사기 전부터 '이번에 당첨된 복권, 언제 받으러 갈까?' 같은 실없는 대화를 숱하게 나눴다.

복을 모으고 모아 대길일이라는 12월 8일을 복권 디데이로 정해놓고 그날만 손꼽아 기다렸다. 디데이 당일, 복권 판매소는 오후 여섯 시 삼십 분까지 영업하는데 그날따라 왜 이리 남편의 퇴근이 늦어지는지. 초조함에 손가락을 물고 기다리다가 아예 집 앞으로 나가 남편을 기다렸다. 결국 우리는 여섯 시를 넘기고서야 급하게 출발했다. 일 분 일 초가 아까운데, 남편은 평소에는 잘만 피해 다닌다던 상습 정체구간으로 차를 몰았다. 폐점 십삼 분 전, 겨우 판매점에 도착했다. 줄이 길 줄 알았는데 다행히 한산했다. 남편은 씻어온 돈과 지갑에서

―――――
* 말 속에 존재하는 영적인 힘.

꺼낸 돈을 적절히 섞었다.

"연말점보 '랜덤번호'로 스무 장, 그리고 '연속번호'로 열 장 주세요."

우리는 복권을 어떻게 사는지도 몰라서 미리 복권 사는 법을 찾아봤다. 심지어 남편은 '복권 사는 말'을 연습했다. 복권을 주문할 때부터 받을 때까지 '1등! 1등 되게 해주세요!'라고 간절히 빌려고 했는데 긴장한 듯 말을 더듬는 남편의 모습에 '빨리 말해, 빨리빨리'라고 사악한 생각을 하고 말았다. 판매원 아주머니가 종이봉투에 포장된 복권 묶음 세 개를 보여주었을 때에야 퍼뜩 정신을 차리고 '1등, 1등'을 속으로 외쳤다. 그렇게 복권이 무사히 손에 들어왔다.

12월 31일, 남편이 귀가하자마자 복권 삼십 장을 테이블 위에 늘어놓았다. 손은 땀으로 젖고 손발은 차가워졌다. 숨막히는 긴장감 속에 녹화한 당첨자 발표 방송을 주시했다. 조 세 자리와 일련번호 여섯 자리. 눈앞에 놓인 복권과 TV 속 번호를 번갈아 보는데 삼십 장 모두 조에서부터 턱턱 막혔다. 긴장감에 덜덜 떨던 우리의 손가락은 점점 기운을 잃어갔다.

'한 알의 밀알이 떨어져 만 배로 돋아난다'는 대길일에, 금전운이 가득하다는 신사에서 씻어온 돈으로 산 복권 삼십 장. 눈을 씻고 확인할 필요도 없이 우리의 꿈은 아스라이 멀어져

갔다. 당첨은 단 세 장. 반드시 당첨되는 참가상이었다. 지난 한 달간의 들뜸을 반추하니 온몸에 힘이 탁 풀렸다. 구천 엔이 순식간에 구백 엔으로 녹아내렸다.

농담처럼 말했지만 나는 진심으로 당첨을 원했다. 비싼 물건을 사고 싶어서가 아니라 큰돈이 남편에게 들러붙은 일을 떼어내주기를 바랐기 때문이다. 체력을 요하는 남편의 일은 미래의 건강을 담보로 하는 것 같았다. 남편이 나를 묵묵히 기다려주듯 나는 목돈으로 그에게 자유롭고 편안한 시간을 주고 싶었다. 그래서 3주 동안 달콤한 꿈을 꾸었건만, 그 꿈은 과학적으로 설명할 수 없는 예감을 함부로 믿지 말라는 깊은 깨달음만 남기고 사라졌다. 친정에 갔을 때 엄마에게 에피소드를 풀어드렸더니 "돈은 땀흘려 버는 것"이라며 요행을 바란 우리를 비웃었다. 두 번 다시 복권 사나봐라, 하는 생각으로 완전히 잊고 있다가 교환 기한이 다다라서야 구백 엔을 현금으로 바꾸어 맥주와 아이스크림을 사 먹었다.

그런데 1년 뒤 우리는 다시금 신비한 경험을 하게 된다. 단풍이 다 지지 않은 늦가을, 우리는 인근 단풍 명소로 가다가 마침 그곳에서 야경 행사 중이라는 것을 알게 되었다. 저녁 즈음에 야경을 보기로 하고 맛있는 점심을 먹으러 차를 돌렸다.

꽤 오랫동안 도로를 달렸는데도 마땅한 식당이 안 보였다. 맛집을 찾다 굶어죽게 생겨 쇼핑몰에 있는 맥도널드로 타협을 보았다. 버거 세트를 기다리며 습관적으로 인터넷에 접속했는데 포털 사이트의 상단 배너에 '오늘이 길일'이라는 연말 점보 선전이 떠 있었다. 그러고 보니 이 쇼핑몰에는 당첨자를 몇 번이나 배출한 복권 명당이 있었다. 우연찮게 온 복권 명당. 당첨될 이유를 끼워맞추던 1년 전과는 확연히 다르다. 다시는 사지 않겠다고 당차게 선언했지만 더 큰 결실을 위해서라면 그런 다짐쯤은 손쉽게 뒤집을 수 있었다.

설렘을 안고 다가간 판매점에는 이미 사람들이 길게 줄을 서 있었다. 역시 명당은 다른가. 자리가 비좁아 한발 물러서 있는데, 남편이 카운터 위의 황금 거북이를 쓰다듬었다. 다정하고도 빠른 손길에서 그의 간절함이 전해졌다. 복권을 받자마자 파란 하늘과 멀리 보이는 교각을 배경으로 사진을 찍었다. 저 다리처럼 복권이 우리를 부자의 길로 인도하길 바라며.

지난해를 반성하는 마음으로 입방정은 멈추고 속으로 조용히 기도하며 연말을 기다렸건만…… 그때와 똑같은 참가상, 육백 엔 당첨이었다. 돈을 덜 쓴 만큼 덜 받는 것도 당연한데 지난번보다 보상이 쪼그라든 기분이었다. 만 엔이라도 받을 줄 알았는데 순간의 사심이 애먼 지출만 만들고 끝나버렸다.

이번에야말로 남편을 퇴사시켜줄 수 있을 것 같았는데, 역시 인생의 대업은 간단히 이루어지지 않는다. 비단 복권뿐이었겠는가. 쉽게 얻으려고만 하고 땀흘려 번 돈에는 싼값을 매긴 것은 아니었을까 반성한다. 이번 당첨금으로는 노트와 볼펜을 사서 한 해 동안 이루고 싶은 목표를 적어보겠다고 마음먹는다. 복권 발표날에는 1년간 목표를 위해 얼마나 노력했고 목표를 얼마나 달성했는지 확인하며 한 해를 되돌아봐야지. 그게 남편을 행복한 실업자로 만들어주지는 못하지만 매년 점보 투자금을 10분의 1로 녹여버리는 것보다 훨씬 더 우리의 삶을 가치 있게 만들어주지 않을까.

겨울을
책임지는 물

남편이 처음 한국 친정집에 갔을 때, 밖은 영하이고 난방기구도 안 켰는데 집이 왜 이렇게 따뜻하냐며 놀랐다. 겨울철 한국은 나도 오랜만이라 같이 놀랐다. 겨울 온도는 일본이 한국보다 더 높은데 왜 집은 더 추울까.

온돌문화가 있는 한국과 달리, 일본에서는 바닥난방이 드문 편이다. 보통 에어컨(냉난방기)을 온풍 모드로 켜서 겨울을 난다. 히터나 고타쓰こたつ 같은 기구를 사용해 온도를 높이

화로나 난로가 든 탁자에 이불이나 담요를 덮어놓은 일본식 난방기구.

기도 한다. 내가 사는 관동 지방은 겨울 평균기온도 줄곧 영상에 머물지만 난방기를 켜지 않으면 집 안에서도 하얗게 입김이 서린다. 그래도 쉽사리 난방을 틀 수 없었다. 결혼 후 첫 겨울에 맞닥뜨린 전기요금청구서를 잊지 못하기 때문이다. 같은 에어컨이라도 온풍 모드가 전기를 더 잡아먹는다고 해서 아침저녁으로 난방을 약하게 틀었는데 그달 전기세가 만이천 엔이나 나왔다. 아무리 두 사람이 사는 집이라고 해도 내가 혼자 살 때 냈던 겨울철 전기세의 세 배나 되다니. 차라리 난방기를 마음껏 틀어 땀이라도 뻘뻘 흘렸으면 '역시 돈이 좋구나. 올겨울은 따뜻하게 보냈다' 하는 소리가 나올 텐데, 추위에 덜덜 떨면서 이 값을 내야 한다니 일본 전기세의 위력을 다시 한번 실감했다.

알고 보니 전기세 폭탄 범인은 따로 있었다. 어느 날 남편보다 일찍 일어나 거실문을 열려는데 거실 문고리가 뜨겁게 달궈져 있었다. 문을 여니 거실은 열기로 가득차 있었다. 난방기 리모컨을 확인해보니 매일 새벽 다섯 시부터 30도로 돌아가게끔 설정되어 있었다. 잠시 뒤 거실에 들어와 고타쓰의 전원을 켜는 남편에게 왜 깨어 있지도 않는 시간에 온도를 높게 설정해두었냐고 물었다. 남편은 "그 정도는 해야 따뜻해"라며 능글맞게 대답했다. 네가 범인이었냐. 남편은 한 번도 자취를 해본 적이 없어 전기요금이 얼마나 무서운지 모르는 듯싶었다. 그래서 남편 눈앞에서 만이천 엔짜리 청구서를 펄럭였다. 이렇게 난방을 펑펑 틀고 살다가는 또다시 전기세 폭탄을 맞게 될 거라는 무언의 신호였다. 그때는 눈 하나 깜짝 않던 남편은 나와 함께 가계부를 적으면서 자연스럽게 낭비를 멈추었다. 월급에서 공과금이 얼마나 나가는지 직접 확인해보니 그때처럼 난방기를 틀어젖히지는 못하겠다고 결론지은 모양이다.

그후 '어떻게 해야 전기를 덜 쓰면서 따뜻하게 보낼 수 있을까'가 겨울나기의 가장 중요한 화두가 되었다. 코트처럼 생긴 담요를 몸에 둘둘 말고 두꺼운 양말을 신어 체온을 사수하고, 바닥에 카펫과 매트를 깔아 냉기를 막고, 베란다 창문에 비닐 방풍 커튼을 달아서 외풍을 차단했다. 하지만 전기 절약 일등공신은 따로 있었다.

어느 날 남편이 회사 동료에게서 고타쓰에 탕파湯婆를 넣으면 고타쓰를 켜지 않아도 따뜻하다는 정보를 얻어왔다. 물을 갈아주어야 해서 귀찮긴 하지만 탕파를 다리 사이에 끼우고 고타쓰에 앉아 있으면 두 시간은 따끈하게 지낼 수 있었다. 그길로 고타쓰는 플러그를 뽑히고 이불을 올려두는 테이블이 되었다. 바닥에 앉아 무언가를 할 때면 무조건 고타쓰에 다리를 넣고 그 위에 데운 탕파를 올려두었다.

여기에 매일 하는 샤워를 입욕으로 바꾸자 그 효과는 더더욱 커졌다. 뜨거운 물에 몸을 담그면 몸 깊숙한 곳까지 훈훈한 열기에 전해져 욕실에서 나와도 춥지 않았다. 바로 옷을 입고 머리를 말리면 그사이 땀까지 날 정도라 한두 시간은 탕파도 필요 없고 난방기를 틀지 않아도 되었다. 처음에는 전기세 하나 아끼자고 목욕물을 갈고 다시 데우는 데 수도세와 가스비를 쓰는 것을 고려하면 배보다 배꼽 같았다. 태어날 때부터 온 가족이 같은 물을 다시 데워 쓰는 환경에서 자란 남편은 욕조 버튼만 누르면 물이 금세 따뜻해지는데, 물을 왜 매번 새로 받느냐며 하루에 한 번만 갈면 된다고 말했다. 새삼스레 문화 차이가 느껴졌다. 그러면 괜찮은 사람이 나중에 씻으라고 말하며 내가 먼저 씻곤 했지만, 지금은 목욕 순서를 크게 신경쓰지 않는다. 대중목욕탕이라 생각하면 못 쓸 것도 없기 때문이다. 볼 꼴 못 볼 꼴 다 보고 산 부부 사이에 더 가릴 것도 없고.

그렇게 탕파로 온기를 보충하고, 더운물로 몸을 지지고, 한국에서 가져온 온수 매트를 깔고 자면 한겨울에도 전기세가 끽해야 오천 엔이다. 생각해보면 탕파도 목욕물도 온수 매트도 다 물이다. 물이 바로 우리집 전기 절약 일등공신이었다.

때로는 콘센트를 꽂고 버튼 하나만 누르면 집이 훈훈해질 텐데 이렇게까지 절약하고 살아야 하나, 허무함이 밀려온다. 하지만 전기를 마구 틀면 남편이 고생해서 벌어온 돈을 함부로 써버리는 기분이 든다. 왠지 그 사람의 고생을 나 몰라라 하는 기분이랄까. 땀이 묻은 돈은 그와 함께 맛있는 한끼에 반주를 곁들여 먹으며 하루를 공유하는 데 쓰고 싶다. 게다가 이 온도면 충분히 따뜻하게 살 수 있는데 그동안 너무 쉽게 자원을 낭비해왔다는 생각이 든다. 어찌 보면 전기세를 절약하면서 남편의 고생에 다시금 고마워하고 환경도 지키는 셈이다. 올겨울도 물로 추위를 이겨내보련다.

지진이 드러낸 온도차

미야자키현에서 규모 7.1 지진이 일어난 날, TV에서 난카이
해곡대지진 발생 가능성이 높아졌으니 주의하라는 발표가 나
왔다. 일본 남쪽 해역에서 주기적으로 발생하는 난카이해곡
대지진은 인근 지역 지진과 연쇄적으로 일어나는 경우가 많
아 한번 발생하면 큰 피해가 예상된다고 한다. 최근 30년 이내
발생 확률이 70퍼센트 이상이라고 소문만 무성하던 것에 공
식적인 발표까지 더해지니 마음이 어지러웠다.

"7번 틀어봐."

누가 그랬다. 7번 채널 '테레비 도쿄'에서까지 정규방송을 중단하면 진짜 위험한 거라고. 보도 인원이 적어 어지간한 재난 상황은 자막으로만 내보내고 정규방송을 계속하기 때문이다. 다행히 그날도 버라이어티 프로그램을 방영하고 있었다.

뉴스 속보를 조금 보다 말고 남편은 이제 유튜브를 보자고 했다. 하지만 나는 그날 일어난 지진의 내용, 과거의 양상, 향후 지진 시뮬레이션, 대피 방법을 더 유심히 보고 싶었다. 무덤덤한 남편과 달리, 나는 지진이 두려웠다. 확실히 이 남자와 나 사이에는 온도차가 있다. 어릴 때부터 지진을 경험하고 꾸준히 대피 훈련을 받아온 이와 그렇지 않은 이의 차이. 내가 받은 대피 훈련은 민방위 훈련뿐이다.

구청에서 나누어준 재난방지 가이드북을 읽어본 적은 있었다. 먼저 가스를 잠그고 현관문을 열어 출입구를 확보한 뒤, 땅이 흔들리는 동안은 책상 아래에서 머리를 보호하다가 흔들림이 잦아들면 대피소로 가라고 쓰여 있었다. 그런데 설명처럼 간단히 집에서 나갈 수 있을까.

"먼저 속옷부터 챙겨 입고 옷도 외출복으로……."

"그게 뭐가 중요해? 일단 도망치고 봐야지."

"아니, 속옷도 안 입고 지금처럼 옆구리에 구멍난 티셔츠를 입고 가면 대피소에서 창피하잖아."

"괜찮아. 다들 정신없는 상태로 올 거야."

집에서 가지고 나가야 할 것도 많다. 지갑, 여권, 핸드폰, 노트북, 충전기, 다육이 화분, 손수건, 시계, 모자, 마스크, 그리고 또······. 그런데 정말 대지진이 오면 어떻게 해야 하냐고 남편에게 물었다. 핸드폰이 터지지 않을 테니 우리만의 대피 장소 하나를 정해서 그곳에서 만나자, 재난 대비용 가방을 하나 싸두자, 같은 이야기를 할 줄 알았는데 예상 외의 대답이 나왔다.

"쇼가나이(しょうがない, 어쩔 수 없어). 그땐 죽을 수밖에. 어차피 정말 대지진이면 대책을 세워도 별 소용없어."

나는 남편 입에서 나오는 말 중 쇼가나이, 시카타나이仕方ない, 도시요모나이どうしようもない를 제일 싫어한다. 전부 '어쩔 수 없다'를 뜻한다. 대지진이 오면 어쩔 수 없으니 담담히 죽음을 받아들여야 한다는 말. 틀린 말은 아니다. 작정하고 일어난 자연재해에서 어떻게 도망칠 수 있겠는가. 하지만 나는 저 어쩔 수 없다는 표현들이 싫다. 처음부터 가능성을 싹둑 잘라버리는 것 같다. 어쩔 수 없는 일이 아닌데 어쩔 수 없는 척 지레 포기할 때도, 다른 사람을 포기시킬 때도 저 말들이 쓰이기 때문이다.

직장인 시절, 한일 평화를 주제로 한 외부 세미나에 참석하라는 지시를 받았을 때도 똑같았다. 한창 바쁜 시기라 스케줄을 조정하기 어려워 이번에는 불참하겠다고 의견을 밝혔더니, 담당 직원은 대표님 지시라 '어쩔 수 없다'며 내게는 선택권이 없다고 말했다. 세상 어떤 대표가 직원에게 주업무를 내팽개치고 외부 세미나에 가라고 하겠는가, 의문이 들었다. 대표에게 물어보지도 않고 처음부터 어쩔 수 없다고 딱 잘라 말하는 것도, 하고많은 사람들 중 나를 콕 집어 한일 평화 세미나에 참가하라는 것도 뻔한 의도가 읽혔다. 각기 다른 상사와 면담을 세 차례나 해야 했지만 결과적으로 나는 그 세미나에 참석하지 않았다. 어쩔 수 없는 일이 아니었다.

남편의 말을 듣고 한동안 잊고 지냈던 이 일이 다시금 떠올랐다. 문제가 있으면 해결책을 모색해야지 왜 덮어놓고 어쩔 수 없다고 포기할까. 어쩌면 과거부터 지속된 자연재해가 일본인들에게 큰 영향을 미친 것일까. 어느 날 갑자기 지진이 일어나고 화산이 터지고 태풍이 오고 바다가 넘실대서, 집이고 사람이고 모조리 쓸어가버리는 '정말로 어쩔 수 없는' 상황들이 오랫동안 반복되면서 무력감이 뿌리깊게 자리잡은 것 같았다. 열심히 살아보려고 더 잘해보려고 노력한들 무엇 하나, 어차피 한순간에 사라질 텐데. 마음 편히 즐겁게 살아야지. 이런 생각들로 쿨하게 때로는 무기력하게 살아가는 걸까.

그동안 나를 답답하게 했던 사람들이 가엾게 느껴진다. 당신으로서는 정말 어쩔 수 없었겠다며 조금은 이해해본다. 그래도 어쩔 수 없다는 말로 약자를 무력하게 만드는 것은 여전히 싫다. 부조리한 상황에서는 '왜요?'라 되묻고, 자신이 옳다고 생각하는 것은 일단 밀어붙여보라고 일본아이들에게 말해주고 싶다. 나와 남편이 계속 살아야 하는 땅이니, 어쩔 수 없다는 말보다는 '그래도 고민하고 도전해보자'라는 말을 더 자주 들었으면 좋겠다. 그런 말을 자주 하는 사회가 되기를 바란다.

이날 남편이 퇴근하고 밥상 토론을 열었다. 내가 반나절 동안 생각한 어쩔 수 없음의 근원에 대한 가설을 늘어놓자 남편은 흥미로워했다. 내 나름대로의 가설에 귀를 기울이더니 그는 근대화 시기 때 정부에 반발했다가 몰락한 지방 세력, 버블경제 붕괴 이후의 경제 침체도 어쩔 수 없음의 계기가 된 것 같다고 덧붙였다.

"정치나 제도로 바꿀 수 있는 문제도 있을 텐데 왜 계속 그대로일까?"

"어쩔 수 없어. 다들 어쩔 수 없다고 생각하니까."

어쩔 수 없다고 생각해서 어쩔 수 없다. 아무래도 이 마의 굴레를 벗어나기는 험난해 보인다. 그렇다면 나는 '어쩔 수 없다'를 있는 그대로 받아들이는 대신, 그 뉘앙스를 바꿔보겠다. 일본인들이 글자 사이사이에 마침표를 찍어 단호하게 '어.쩔.수.없.다'를 말한다면, 나는 물결표를 붙여서 이렇게 말하겠다. '어쩔 수 없잖아~.' 체념이 아니라 상황을 낙관적이고 유연하게 받아들이겠다는 의지를 담아서.

"그래도 우리만큼은 앞으로 '어쩔 수 없다' 말고, '어쩔 수 없음에도 불구하고' 고민하고 시도하는 삶을 살자."

기나긴 밥상 토론 끝에 내린 결론이었다. 마음을 새로 다지는 김에 우리가 무병장수하기를, 어쩔 수 없는 지진은 조금만 일어나기를 함께 빌어본다. 어쩔 수 없는 자연재해는 초자연적 힘으로 막아봐야지, '어쩔 수 없잖아~.'

여름의 풍물시

마쓰리

하루하루가 비슷하게 굴러가는 가정주부에게는 사소하게라도 평소와 다른 모든 것들이 새롭다. 어떻게 올라왔는지 2층 거실 창문에 붙어 있던 달팽이, 모르는 할머니가 남편 손에 들려준 별 모양 오이 같은 것들 말이다. 코로나 때문에 멈췄다가 4년 만에 다시 열린 '마쓰리'는 그중에서도 가장 자극적이고 흥미로웠다.

마쓰리는 신에게 공물을 바치고 감사와 염원을 보내는 일본의 전통 행사다. 광장에서는 사자춤으로 마을 악귀를 쫓고

장정들은 신이 탄 가마인 '미코시'를 어깨에 메고 마을 곳곳을 누빈다. 신이 재앙과 부정을 정화하고 풍년과 병충해 방지 기원 등의 소원을 들어주기를 바라는 마음으로 여름마다 행사가 열린다. 토속신앙적인 의미가 옛날보다 많이 퇴색되었다고 하지만 마쓰리는 여름날의 특별한 이벤트로 남아 있다.

학창시절에 읽었던 일본 순정만화에는 마쓰리 에피소드가 늘 클리셰처럼 등장했다. 소년은 몰래 짝사랑하던 같은 반 소녀에게 용기를 내어 같이 마쓰리에 가자고 말한다. 남몰래 소년을 좋아하고 있던 소녀는 그 말에 조심스럽게 고개를 끄덕인다. 약속 당일, 소녀는 청순하고 예쁜 유카타를, 소년은 단색의 단정한 유카타를 입고 마쓰리에 나온다. 둘은 북적이는 사람들 사이에서 서로 떨어지지 않아야 한다는 핑계로 손을 잡고 얼굴을 붉히며 걷는다. 그러다 소년이 넘어질 뻔한 소녀를 잡아주고 당황한 둘의 얼굴이 클로즈업되다가 불꽃놀이가 시작된다.

20년 전으로 돌아가도 그 둘의 동급생이 될 수 없는 나이지만, 껍질에 설탕물을 입힌 사과 '린고아메', 유카타를 예쁘게 차려입은 소녀, 수줍은 연인들이 있는 마쓰리는 여전히 동경어린 장소다. 특히 여름밤 마쓰리의 신비롭고 몽환적인 분위기에 취해 걷다보면 내가 좋아했던 만화 캐릭터들에게 감정이입해 그들의 일희일비에 가슴 떨었던 그 시절로 돌아간 것만 같다. 이제 내 곁에는 친구들이 아니라 마흔을 내다보는 남편이 있지만 그 감정은 쉽게 풀리지 않았다.

저녁 여섯 시를 조금 넘은 시간, 남편과 마쓰리 회장을 향했다. 길에는 짚을 꼬아 만든 금줄과 지그재그 번개 모양 종이인 '시데'가 줄줄이 매달려 있었다. 신의 영역에 들어가기 전, 부정들을 깨끗이 정화하는 의미로 달아둔다고 한다 우리는 레몬사와와 맥주를 한 캔씩 사서 시데 사이사이를 피해 걸었다. 회장에 들어가기 전부터 술을 들이켜고 시데를 피하고 있으니 부정을 털어내기는커녕 부정한 우리가 기를 쓰고 성지에 난입하는 기분이었다.

마쓰리 회장에서 가장 먼저 눈에 띈 것은 단연 미코시였다. 장정들의 힘찬 목소리와 경쾌한 발걸음에 나도 모르게 멈춰 서서 그들의 구령에 맞추어 박수를 쳤다. 유카타를 입은 학생들이 나란히 걸어가다 친구를 만나 반가워하는 모습도 볼 수 있었다. 어린 친구들이 전통복을 입고 전통 행사에 참가한다는 것은 일본이 전통문화를 후대에 잘 전달하고 있음을 드러냈다. 아이들과 즐거운 한때를 보내는 가족들도 많았다. 오락거리와 먹거리가 가득하고 밤을 돌아다닐 수 있으니 아이들은 얼마나 신날까. 한껏 상기된 아이 얼굴을 보면 아빠의 지갑도 술술 열리겠지.

문득 엄마 아빠의 손을 꼭 잡고 야시장에 갔던 기억이 났다. 동춘 서커스도 보고 요요도 사서 행복해하는 나와 그런 나를 흐뭇해하는 부모님 얼굴이 떠오른다. 어렸을 때는 나만 그 시간을 즐긴다고 생각했는데 돌이켜보면 잔뜩 신이 나 방방 뛰는 나를 보고 부모님도 즐겁지 않았을까 생각한다. 나이를 먹으면 다른 사람의 마음을 잘 헤아리게 되나보다.

나이를 먹긴 먹었다. 부모님을 이해하게 된 것도 그렇지만 무엇보다 체력이 없어졌다. 마쓰리에서 6000보밖에 걷지 않았는데 배터리가 완전히 방전되었다. 집에 돌아오자마자 기절하듯 잠에 들었다. 20년만 젊었다면 오늘 본 아이들처럼 붉은 꽃으로 가득한 유카타를 두르고 거리로 나갔을 테다. 화장기 없는 맨얼굴도 젊음으로 보정되어 반짝반짝 윤이 나겠지. 동네 꼬맹이들 사이에 앉아 팔을 걷어붙이고 좀처럼 잡히지 않는 금붕어 뜨기에 골몰하며 짙은 여름밤을 즐겼을 것이다. 어쩌면 땀자국이 하얗게 남은 티셔츠를 자랑스러워하며 하루종일 함께 가마를 멘 장정 동료들과 떠들썩하게 뒤풀이 중일지도 모른다. 오른손엔 거품이 흘러넘치는 맥주잔을, 왼손엔 야키토리를 들고.

마음만 먹으면 지금도 할 수 있긴 하지만 화려한 유카타는 얼굴에 어울리지 않아서, 부모님 또래가 애들이랑 놀고 있으면 주책맞아 보일까봐, 가마를 메고 돌아다닐 체력이 없어서…… 시작하기도 전에 할 수 없는 이유가 술술 나온다. 청춘이 불타고 난 자리에는 반짝반짝 빛나는 경험과 함께 겁도 같이 남았다. 세상을 너무 잘 알게 되면 새삼 무서운 것도 많아진다. 예전엔 과감히 뛰어들었을 일에도 이제는 상당한 용기를 내야 한다. 눈치도 보이고. 그래서 젊음의 특권을 누리는 아이들을 보면 부럽다.

하지만 곰곰이 생각해보면 내게도 그런 시절이 있었다. 일본에 가겠다는 일념 하나로 워킹홀리데이를 다녀오고 서른 직전에 늦은 일본 유학을 떠나왔다. 20년 후의 나는 지금을 돌아보며 '그때 주저하지 말고 시작했으면 좋았을 텐데' 후회할지도 모른다. 걸림돌을 하나하나 따지다가 나중에 더 후회하지 않을까. 나이가 들어도 못할 일은 없다. 내게 하려는 의지만 있다면 '못 먹어도 고'다.

벚꽃을

보러 가는 마음

시골 동네에 이사온 지 햇수로 4년째, 이 동네에서 가장 좋아
하는 공간을 꼽으라면 단연 1위는 우리집이고, 그다음은 와카
이즈미공원이다. 집 앞에 공원이 있다는 것이 어찌나 든든한
지, 그곳을 수도 없이 드나들었다. 넓은 놀이터, 곳곳에 놓인
깨끗한 벤치, 하천에서 자유로이 헤엄치는 오리와 잉어까지,
자그마한 곳에 필요한 것들을 알차게도 갖추고 있다. 벚꽃철
에도 인파가 붐비지 않는다는 점까지 훌륭하다. 그래서 봄이
오면 꼭 와카이즈미공원으로 벚꽃을 보러 간다. 벚꽃길이 작
은 하천을 끼고 양옆으로 조성되어 있어 천천히 걸으며 꽃구

경하기에 제격이다.

　연례행사처럼 작년 4월에도 공원으로 발걸음을 옮겼다. 동남아에서 온 실습생, 일본계 브라질인들이 휴일을 맞아 벚꽃을 보러 나온 것 같았다. 앳되어 보이는 실습생 청년은 부드러운 미소를 띤 채 벚꽃에 연신 카메라 셔터를 누르고 있었고, 유모차를 끌고 나온 브라질 가족은 행복한 웃음이 끊이질 않았다. 타지에서 산다는 게 여간 어려운 일이 아닌데 그들의 들뜬 목소리와 밝은 표정에 안심했다. 나도 그들처럼 일자리를 찾으러 일본에 왔던지라 괜스레 마음이 쓰였다.

　저쪽에는 육십대 초반으로 보이는 부부가 보였다. 벚꽃이 잘 보이는 벤치에 나란히 앉아 플라스틱 도시락에 담긴 안주를 오물오물 먹고 캔맥주를 마시며 도란도란 이야기를 나누고 있었다. 한 손에는 들뜬 마음으로 준비한 도시락을 들고, 한 손에는 서로의 손을 꼭 붙잡고 공원으로 나들이를 오는 부부의 모습이 그려졌다. 봄의 정취를 느끼는 그들을 보자니 나와 남편도 그들처럼 늙어가고 싶어졌다. 그럼 우리도 함께하는 일상을 감사히 여기며 쪼글쪼글해진 손을 꼭 맞잡고 피크닉을 나가겠지, 먼 미래를 잠시마나 상상해봤다.

　그러고 보면 이날 마주친 사람들은 제각기 다른 마음을 들고 이곳에 왔을 것이다. 누군가는 처음 보는 벚꽃에 대한 궁금함을 잔뜩 품었을 테고, 누군가는 할아버지가 보던 풍경을 보러 간다는 묘한 기대감을 들고 왔을 것이다. 정장을 차려입고 나란히 걷던 커플은 주말 출근으로 쌓인 피로를 뒤로한 채 사랑하는 이와 함께할 설렘을 가져왔을 테다. 엄마들의 주머니에는 육아 스트레스를 잊고 한숨 돌릴 수 있는 해방감이 들어 있겠지. 아이들은 마음껏 뛰어놀 들뜸을 접어왔을 것이다.

여기에 모인 사람들 한 명 한 명이 해매다 똑같아 보이는 벚꽃을 색다르게 비춘다. 그들은 저마다의 마음을 들고 와 서로에게 주고 떠난다. 나 역시 지난해와 또다른 사람들을 눈에 담고 싶다는 바람으로 남편과 함께 공원에 왔다. 남편이 내 곁에 있는 것에 익숙해졌지만 사실은 당연하지 않은 이 순간을 되새기고 싶었다. 그렇게 적어내려간 한 페이지의 추억과 곳곳에서 받은 마음들을 잔뜩 들고 집으로 향했다.

왔던 길을 되돌아가다 다리를 건너는 한 사람을 보았다. 손에 든 핸드폰에서 눈을 떼지 못하는 사람. 과연 그는 무얼 보고 있었을까. 만나기로 약속한 친구가 보낸 '지금 어디쯤 왔다'라는 연락, 아니면 부산스레 올라가는 SNS 타임라인일까? 나는 그 자리에 서서 한동안 그를 지켜보았지만, 그는 한 번도 벚꽃이 가득한 공원에 눈길을 주지 않았다. 그가 분홍빛 풍경에 고개를 돌리지 않은 게 괜히 신경쓰였다. 그가 어떤 마음을 들고 이 길을 걷고 있는지는 알 수 없지만 그 안에 '지금 이 순간'보다 더 빛나는 것이 자리하기를 바랐다.

다음 날 현관문에서 운동화 뒤축을 고쳐 신는데 비닐우산에 오래된 파운데이션 자국처럼 보이는 것이 있었다. 쓸 일이 없어 한참을 방치해두었는데 너무 더러워졌나 싶어 가만 들여다보니 벚꽃잎이 버석버석하게 말라 있었다. 그러고 보니 지난해의 어느 비 오는 날, 벚꽃을 보러 갔을 때 이 우산을 썼었다.

첫번째 결혼기념일 이틀 전. 벚꽃을 보러 가기로 했는데 아침부터 비가 쏟아졌다. 꽃잎 다 떨어지겠다, 걱정어린 눈으로 빗발을 바라보다 남편과 우산을 쓰고 나갔다. 나무를 베지 않는 이상, 매년 같은 장소에서 벚꽃을 볼 수 있겠지만 올해의 벚꽃은 올해에만 볼 수 있다. 2021년의 벚꽃은 우리의 만남을 이어주었고, 2022년의 벚꽃은 부부로서 처음 함께 맞는 봄이라는 의미를 주었다. 그러니 우산을 쓰고서라도 2023년의 벚꽃을 보러 가야만 할 것 같았다.

텅 빈 공원에는 흐드러지게 핀 벚꽃만 물방울을 머금고 처연한 분위기를 자아내고 있었다. 그 화려하고 쓸쓸한 풍경 속을 남편과 거닐며 우리가 앞으로 함께 벚꽃을 볼 날들을 헤아렸다. 그러자 금방 시야가 뿌예졌다. 눈물샘이 고장났다. 남편이 볼세라 빠르게 눈을 깜빡이며 우리가 함께 보낼 수 있는 시간이 얼마나 주어졌는지는 모르지만 나중에 후회하지 않도록 남편과 더 많은 풍경을 나누고 더 많이 마음을 주고받자고 마음먹었다.

그때의 꽃잎은 우산 사이에 끼워진 채 그대로 1년이 지났다. 연분홍색 꽃잎은 생명력을 잃고 누렇게 변색된 채 말라갔지만, 1년 전 내가 이 벚꽃을 보며 느꼈던 마음만은 여전히 남아 있다고 생각하니 이 꽃잎도 다르게 보였다. 해마다 벚꽃이 피면 나는 그와 다양한 사람들, 다양한 풍경을 마주하고 조금씩 다른 마음을 들고 돌아오겠지. 그 마음들은 추억이라는 이름으로 우리의 남은 인생에 켜켜이 쌓여갈 것이다. 아주 곱고 예쁘게.

길에서 주워온 사랑

퇴근한 남편이 신발을 벗자마자 줄 것이 있다고 말했다. 오늘이 기념일이었던가 날짜를 헤아려봤지만 결혼기념일도, 내생일도, 우리가 처음 사귀기로 한 날도 아니었다. 아리송한 얼굴을 하고 있는 내게 남편은 입꼬리를 실룩거리며 겉옷 주머니에서 무언가를 꺼냈다. 수줍게 내민 남편의 손바닥 위에는 다육잎 두 개가 휴지로 조심스럽게 감싸져 있었다. 겉에 상처가 난 이파리 하나, 시들어서 잘라낸 듯 물컹해진 잎덩어리 하나. 예전 같으면 이게 뭐냐며 소스라치게 놀랐겠지만 남편이무슨 생각으로 주워왔을지 짐작되어 얼굴에 절로 화색이 돌았다.

최근 들어 나는 다육식물 키우는 재미에 푹 빠져 있었다. 지난봄 다육식물 세 개를 들여왔는데 예상보다 잘 자랐다. 매일 조금씩 달라지는 모습에 신이 나 밤마다 잎이 얼마나 자랐는지 남편에게 브리핑하곤 했다. 그러다보니 남편도 어느새 자주 다육식물을 관찰하고 있었다.

남편은 퇴근하다가 집 근처에서 다육식물을 많이 기르고 있는 집을 보았다고 했다. 그러다 길가에 잎이 몇 개 떨어져 있는 것을 발견하고는 그대로 두면 자동차 바퀴에 뭉개질 것 같아 주워왔단다.

"네가 좋아할 것 같아서. 일요일에도 그냥 왔고."

지난 일요일, 동네에서 주말마다 열리는 시장에 다육식물을 사러 가기로 했었다. 남편에게는 오후에 슬슬 나가자고 하고 오전에는 그간 미뤄뒀던 가계부 정리를 했다. 꼼꼼하게 따져보니 수중에 남은 돈과 가계부에 적힌 잔액이 맞지 않았다. 어디서 오류가 생겼는지 다시 한번 살펴봤지만 결국 원인을 찾지 못했다. 그러다 시장이 끝나는 시간에 쫓겨 부랴부랴 집을 나섰다. 시장을 한참 동안 둘러봐도 마음에 드는 다육식물이 없어 집에 그냥 돌아왔었는데, 아무래도 남편은 가계부 생각에 사고 싶은 것을 맘껏 사지 못했다고 짐작한 모양이다. 그 래서 내가 기뻐할 얼굴을 상상하며 길가에 버려진 잎을 주워 온 것이다.

비록 버려진 식물이라 해도 다육이를 주워 휴지로 덮고는 주머니에 꼭 넣어온 그 마음이 고마웠다. 비싸고 좋은 것은 아니지만 '이거 가져가면 아내가 좋아하겠지?' 하며 조심스레 잎을 집고 휴지에 돌돌 말아 가져왔다고 생각하면 가슴이 찡하다. 진부한 표현이긴 하지만 사랑이 느껴진달까. 그의 행동이나 사고방식에 화가 나고 짜증날 때마다 이 순수한 마음을 떠올려야겠다. 순간의 분노에 본질을 잊지 않도록 말이다.

다음 날 흙 위에 살포시 올려둔 녀석들을 살펴보았다. 아직은 초보 식물 집사라 아무리 들여다봐도 뿌리를 다시 내릴지 아니면 그대로 시들지 감이 안 왔다. 그렇지만 어쨌든 나는 녀석들을 정성껏 돌보기로 마음먹었다. 이 이파리들이 남편의 고운 마음, 순수한 마음 그 자체인 것 같아 허투루 볼 수가 없었다.

잎 모양과 색깔을 인터넷 사진들과 비교해봤더니 그 녀석들은 '프란체스코 발디'라는 종이었다. 발디잎들을 쳐다보며 이 봄에 기적이 일어나 남편의 온정이 무사히 싹을 틔우고 깊게 뿌리내리기를, 우리집 주방 위의 작은 정원에 한층 더 화사하고 따뜻한 시간이 흐르기를 빌었다.

그 바람이 이루어졌는지 화분 네 개로 시작한 정원의 다육이들은 어느 새 열다섯 개로 늘어났다. 대부분은 분갈이 중에 떨어진 잎으로 싹을 틔운 것이라 종이 다양하지는 않지만 하루하루 성장하는 다육식물은 삶의 소소한 기쁨이 되어주었다. 남편은 그후에도 몇 번 더 버려진 다육이를 가져왔다. '에케베리아'를 새로 들여올 계획이었는데 자꾸만 애먼 이파리들을 주워와서 남편에게 그만 좀 가져오라고 타박을 주었다. 그렇지만 남편의 그 마음을 헤아리면 그가 데려온 이파리들을 도로 내버릴 수가 없어서 어떻게든 싹을 틔워 기르고 있다. 녀석들이 잘 자라주면 잘 자라주는 대로 기특하기도 하고.

지난봄 우리집에 온 발디는 기적처럼 뿌리를 내리고 기사회생했지만 유난히 길고 더웠던 지난여름, 에어컨의 찬바람을 견디지 못하고 유명을 달리했다. 하지만 발디에서 떨어져나온 잎의 잎, 그러니까 발디의 손자 잎사귀 두 개가 구사일생으로 살아남아 새로운 봄을 기다리고 있다. 이제 그만 주워오란 말이 완벽히 입력되었는지 남편은 더이상 잎을 데려오지 않는다. 대신 아침마다 화분들을 햇살이 잘 드는 자리에 옮겨주고 출근한다. 부탁한 적도 없는데, 다육식물은 햇볕을 많이 쬐어야 한다고 했던 내 말을 기억한 것이다. 그렇게 우리는 한 마음으로 다육식물을 기르게 되었다. 그래서인지 다육이들은 탱글탱글 빛나고 있다. 다육이들처럼 남편의 사랑이 날마다 통통해지는 것 같다. 나는 여전히 이 사람이 좋다.

우리집 일본인

왜 갑자기 하얀 창을 열었을까.

　오늘이야말로 운동화를 빨아야겠다는 생각에 현관에서 운동화 두 켤레를 가져왔다. 세제를 푼 물에 꾀죄죄한 신발들을 담그고 첫번째 운동화부터 솔로 박박 문질렀다. 그러자 운동화는 겨우 본래의 흰색을 되찾았다. 신을 때마다 이번 한 번만 신고 빨아야지 했는데, 그런 식으로 벌써 몇 개월을 보냈다. 징하다, 징해. 속으로 중얼거리며 다음 운동화에 손을 뻗었다.

　햇볕이 잘 드는 실외기 위에 신발을 나란히 널고 눈부시게 빛나는 하얀 운동화를 바라보며 생각했다. 어쩌면 내가 신발 세탁에 재능이 있을지도 몰라. 괜스레 들뜬 기분으로 주방에

가 커피를 내렸다. 얼음을 가득 담은 유리컵에 갓 나온 커피를 따라 거실로 갔다. 걸을 때마다 유리컵 속 얼음이 카랑카랑 예쁜 소리를 냈다.

테이블 앞에 앉아 노트북을 켰다. 한동안 넷플릭스를 보는 용도로만 쓰던 노트북. 작업표시줄 오른쪽 하단에 날짜를 보니 오늘은 4월 10일이다. 낯익은 날짜, 남편과 처음 얼굴을 마주한 날이다.

왜 갑자기 그런 마음이 들었을까. 넷플릭스 사이트를 클릭하려던 마우스커서를 돌려 하얀 창을 열었다. 그리고 그 하얀 메모장에 그날의 풍경과 기분을 단숨에 써내려갔다.

'2021년 4월 10일 토요일, 오후 한 시 십오 분, JR아카바네 역으로 향하는 버스 안. …… 다음 정거장에서 내려 집으로 돌아가고 싶었다.'

여기까지 쓰다가 손을 멈추고 잠시 생각했다. 그때 정말 집으로 돌아갔다면 오늘처럼 볕 좋은 날, 아이스커피를 한 잔 마시며 글을 쓰는 일은 결코 없었을 것이다. 그와 함께한 시간도, 둘이 같이 쌓은 소중한 기억도 없고. 그날 앱에서 만난 그 남자는 이제 '우리집 일본인'이 되었다.

"뭐 해?" 거실에 앉아 노트북 화면을 노려보고 있으니 남편이 말을 걸었다. 그냥, 하고 얼버무리자 곧바로 남편은 노트북에 얼굴을 들이민다. 하지만 그에게 화면은 '흰 것은 종이, 검은 것은 글씨'로 보였을 테다. 온통 한국어만 적혀 있으니.

"실은 지난주부터 우리 이야기를 쓰고 있어."

우리 이야기, 삶에 지쳐 있을 때 시작된 우연한 이야기. 언젠가부터 이 이야기를 누군가에게 들려주고 싶었다. 세상 사람 모두가 일본에 와서 일본인과 사랑에 빠지지는 않지만, 제각기 일상을 살던 두 사람이 만나 둘만의 서사를 만들어가고 변하는 모습은 누구나 겪을 수 있는 이야기다. 혹시나 우리의 이야기가 책으로 엮인다면, 일본생활에 흥미를 가지고 있는 이에게는 재밌는 논픽션처럼 읽힐 것이다. 잠시 쉬고 있는 이는 희망을, 자신의 쓸모로 고민하는 이는 용기를 느낄지도 모른다. 아는 사람 하나 없고 말도 잘 통하지 않는 해외에서 내 터전을 가꿔낸 사람이 있으며, 주부와 백수 중간 어디쯤에 있던 그 사람도 작가가 되었으니 당신도 어디서든, 무엇이든 할 수 있다는 용기를 주는 셈이다.

"뭐라고 쓴 거야?" 그가 눈을 반짝이며 물었다. 처음 두 문장만 말해줬더니 그가 목소리를 높여 비명을 지른다.

"아, 뭐야. 드라마 같잖아. 너무 간질간질한 이야기가 될 텐데."

만면에 소녀 같은 웃음을 띠고 횡설수설하는 그를 보니 더 읽어주지 말아야겠다는 생각이 들었다.

채팅 한 번으로 시작된 인연. 늘 나를 기다려주는 우리집 일본인. 오후가 되면 거실에 앉아 글을 적었다. 그때를 회상하며 시작한 연재는 '브런치북 대상'이라는 결과를 들고 왔다. 공식적으로 구직활동을 실패하고 막 세 달쯤 접어든 때부터 쓴 글이 작가라는 꿈을 이뤄주었다.

아무것도 하지 않았다면 절대로 해낼 수 없었던 일. 누군가에게는 나의 글쓰기가 허송세월을 보내는 것처럼 보였을 수 있지만, 그 안에는 울고 웃고 찡그리며 글을 써나간 시간들, 그런 시간을 한없이 응원해준 사람들이 있다. 나의 노력은 거짓말을 하지 않았다. 살다가 좌절하는 순간이 온다면 묵묵하게 글을 쓰던 그때를 떠올릴 것이다. 괴로움은 언젠가 기쁨이 될 테니. 마음처럼 되지 않는 순간을 견뎌내면 반드시 그 순간은 꽃으로 피어날 테니.

취미는 채팅이고요,
남편은 일본사람이에요

초판 인쇄 2025년 4월 22일
초판 발행 2025년 5월 14일

글 김이람

책임편집 오세림
편집 변규미
디자인 조아름
마케팅 김도윤 최민경
브랜딩 함유지 박민재 이송이 김희숙
박다솔 조다현 김하연 이준희 복다은
제작 강신은 김동욱 이순호

펴낸이 이병률
펴낸곳 달 출판사
출판등록 2009년 5월 26일 제406-2009-000034호
주소 10881 경기도 파주시 회동길 455-3
이메일 dal@munhak.com
SNS dalpublishers
전화번호 031-8071-8682(편집) 031-8071-8681(마케팅)
팩스 031-8071-8672
ISBN 979-11-5816-194-1 (03810)